ANTI ALPHA

von
Waku Okuda

Inhalt

anti alpha

alpha

#1
VON ANFANG AN...
... WAR MIR KLAR, DASS ER...
... WIE ICH EIN ALPHA-MANN WAR...
... EINER, DER IN DER GRUPPE STETS UM DIE FÜHRUNG KÄMPFT...

#1
anti alpha
ANTI ALPHA
presented
by
waku okuda

DER MENSCH DARF NICHT IMMER SEINEN TRIEBEN FOLGEN.
DAS GILT AUCH FÜR DIE ALPHA- UND OMEGA-TYPEN UNTER DEN MENSCHEN.
SIE DÜRFEN NICHT STÄNDIG IHRER LUST NACHGEBEN.
DISKRIMINIERUNG UND RECHTSVERLETZUNGEN ZWISCHEN ALPHAS UND OMEGAS HATTEN ZU SOZIALEN UNRUHEN UND SCHWERWIEGENDEN PROBLEMEN GEFÜHRT.
DARUM HAT MAN NUN ALLE TYPEN SAUBER GETRENNT.
α♂ α♀
Ω♂ Ω♀
β♂ β♀
ALPHAS BESUCHEN SCHULEN FÜR ALPHAS...
... OMEGAS SOLCHE FÜR OMEGAS, BETAS SOLCHE FÜR BETAS... JEDE GRUPPE HAT IHRE EIGENE SCHULE...
SOLANGE EINE GEWISSE GEISTIGE REIFE NICHT ERREICHT IST, WERDEN DIE JUGENDLICHEN GETRENNT UNTERRICHTET, DAMIT KONTAKT VERMIEDEN WIRD.

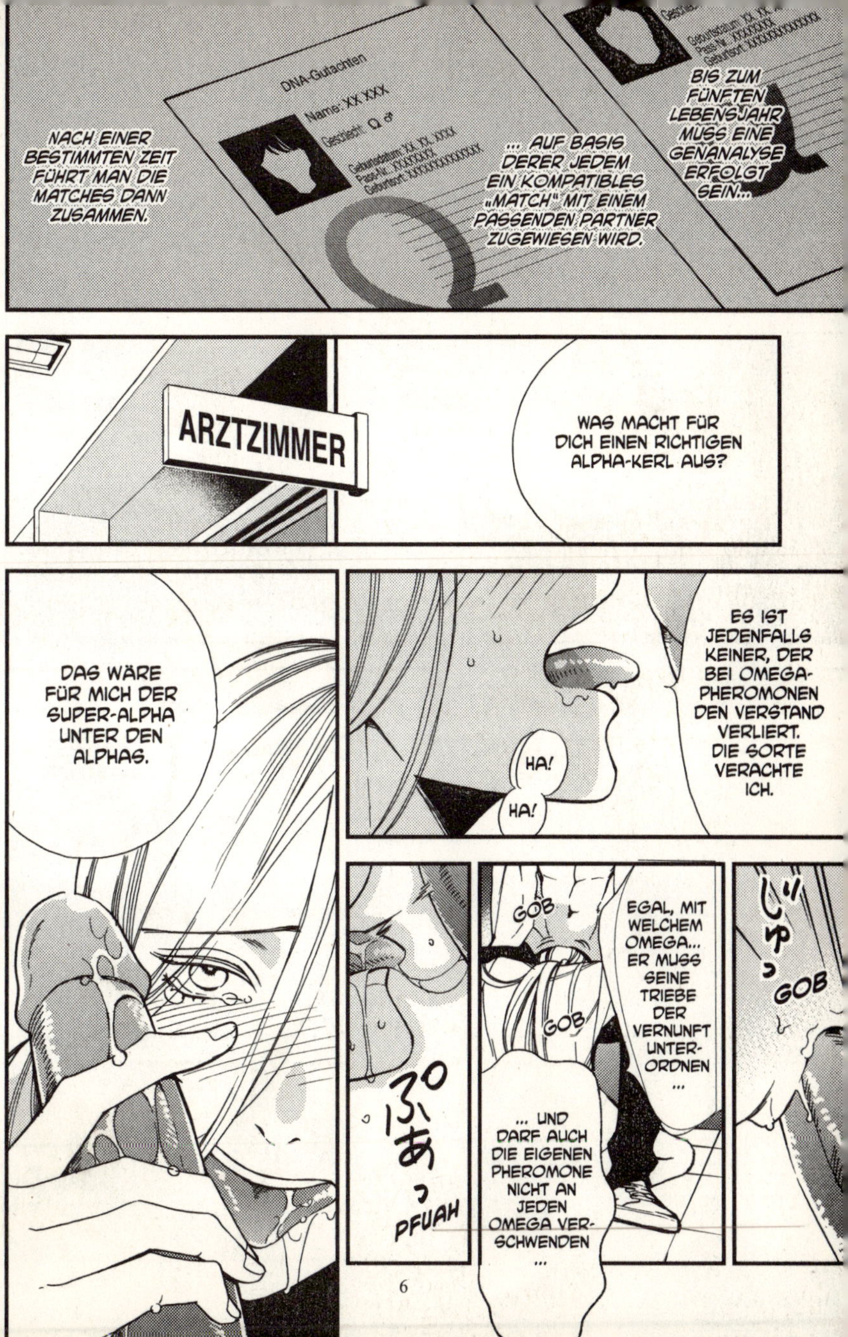
BIS ZUM FÜNFTEN LEBENSJAHR MUSS EINE GENANALYSE ERFOLGT SEIN...
... AUF BASIS DERER JEDEM EIN KOMPATIBLES „MATCH“ MIT EINEM PASSENDEN PARTNER ZUGEWIESEN WIRD.
NACH EINER BESTIMMTEN ZEIT FÜHRT MAN DIE MATCHES DANN ZUSAMMEN.
DNA-Gutachten
Name: XX XXX
WAS MACHT FÜR DICH EINEN RICHTIGEN ALPHA-KERL AUS?
ARZTZIMMER
ES IST JEDENFALLS KEINER, DER BEI OMEGA-PHEROMONEN DEN VERSTAND VERLIERT. DIE SORTE VERACHTE ICH.
HA!
HA!
じゅっ GOB
EGAL, MIT WELCHEM OMEGA... ER MUSS SEINE TRIEBE DER VERNUNFT UNTER-ORDNEN ...
GOB
GOB
... UND DARF AUCH DIE EIGENEN PHEROMONE NICHT AN JEDEN OMEGA VER-SCHWENDEN ...
ぷはっ PFUAH
DAS WÄRE FÜR MICH DER SUPER-ALPHA UNTER DEN ALPHAS.

* ANSPRACHE FÜR EINE ÄLTERE PERSON (Z. B. DEN LEHRER); IN DIESEM FALL DER SCHULARZT

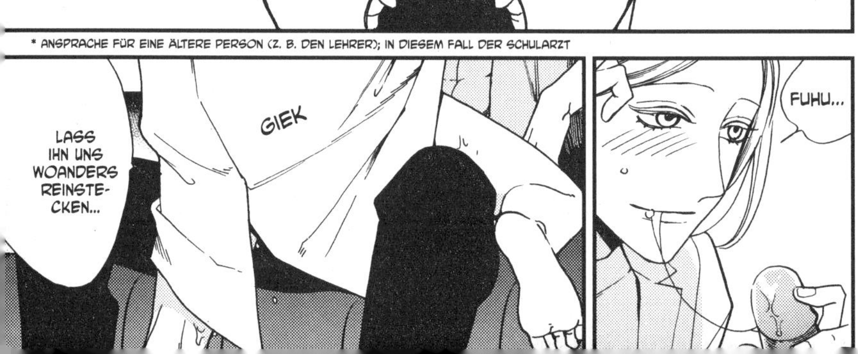

MMMH...!
ビュルルッ
SPLISH
GLITT
HA!
ALS EINER, DER SO SCHNELL KOMMT ...
HA!
... BIST DU HIER DER PERFEKTE SCHULARZT.
OH MANN ...!
DER SCHULARZT IST DER EINZIGE OMEGA-TYP DER SCHULE.
SEINE AUFGABE IST ES, DIE SEXUALITÄT DER ALPHAS ZU REGULIEREN.
AH!
AH!
ER VOLLZIEHT SÄMTLICHE SEXUELLEN HANDLUNGEN EINSCHLIESSLICH PENETRATION, UM DURCH EJAKULATION DRUCKABBAU ZU SCHAFFEN.
AH!

DU BIST ECHT WAS BESONDERES...
AN DIESER SCHULE GIBT ES EINE MENGE HERVORRAGENDER ALPHAS, ABER...
... AUSSERHALB DER DIENSTZEIT...
... AUS REINER LUST SEX HABEN, DAS KANN ICH NUR MIT DIR...!
WENN DU SAGST...
... DASS VERNUNFT DAS HAUPTMERKMAL EINES ALPHA IST...
... DANN IST ER DER SUPER-ALPHA...
ER ...?
KAMISHIRO?
カラ GARA

KAMI-
SHIRO...

SEIT WANN WARTEST DU SCHON?
HÄTTEST RUHIG REINKOMMEN KÖNNEN.
SPINNST DU?
HAB KEINE LUST, DEN MIEF EINES ANDEREN ALPHA ZU RIECHEN.
ACH, KLAR ...
DIE BRUNFTBEHANDLUNG DURCH DEN SCHULARZT IST BEI DIR SICHER NÖTIG...
SENA ...
DOCH EUER VERHÄLTNIS GEHT ÜBER SEINE DIENSTPFLICHTEN WEIT HINAUS.
VERGISS NICHT, DASS SHION DEIN MATCH IST.
ICH WERDE NICHT DULDEN, DASS DU IHN SCHLECHT BEHANDELST!
WIE IMMER WIRD ER AGGRESSIV, WENN ES UM SHION GEHT.
SHION HANAI IST SEIN KINDHEITSFREUND.
Name: Shion Hanai
Geschlecht: Ω ♂
Geburtsdatum: XX. XX. XXXX
AUFGRUND DER GENANALYSE WURDE EIN OFFIZIELLER VERTRAG ZWISCHEN IHM UND MIR GESCHLOSSEN.
ER IST ALSO MEIN »MATCH«.

WILLST DU IHN MIR STREITIG MACHEN?
ICH LASSE MICH GERN AUF EIN DUELL EIN!
DIE IDEE, SICH UM EINEN OMEGA ZU DUELLIEREN, IST WIRKLICH SEHR ALTMODISCH.
RUMMS
ES GIBT ANDERE METHODEN, UNSERE ALPHA-QUALITÄTEN ZU MESSEN.
AN DIESER SCHULE KÖNNTEST DU MICH IN NICHTS SCHLAGEN.
AUSSER IM ARZT-ZIMMER!

DANN SCHWÄNZ HEUTE BLOSS NICHT DAS TRAINING!
VER-STAN-DEN?
TOJO-SENSEI ...
HIER DIE ANTRÄGE DIESES MONATS AUS DER A-KLASSE ...
GRAPP !
WAH! IRRE!
EINE PRÜGELEI!
WIEDER MAL SENA UND KAMISHIRO ...!

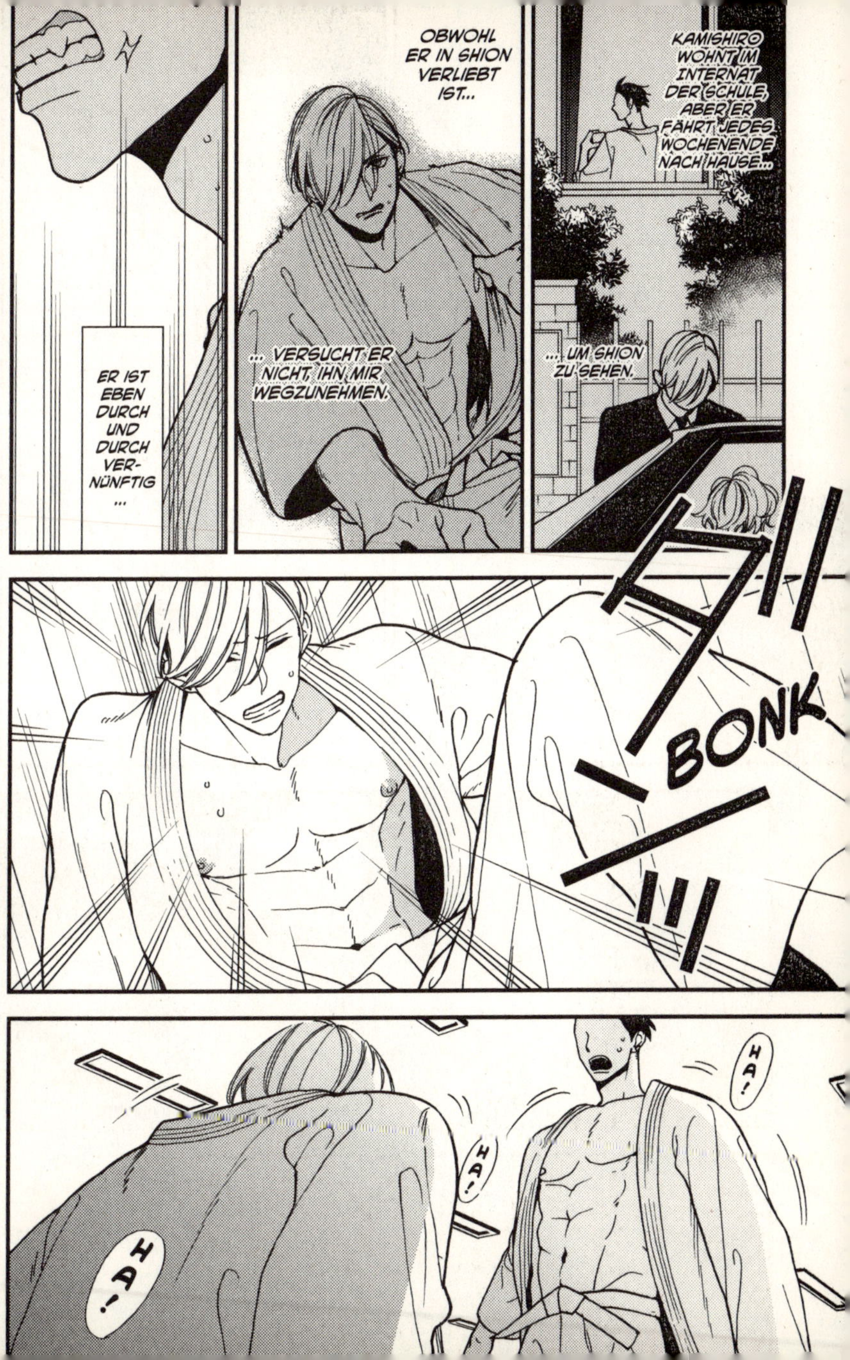
KAMISHIRO WOHNT IM INTERNAT DER SCHULE, ABER ER FÄHRT JEDES WOCHENENDE NACH HAUSE...
... UM SHION ZU SEHEN.
OBWOHL ER IN SHION VERLIEBT IST...
... VERSUCHT ER NICHT, IHN MIR WEGZUNEHMEN.
ER IST EBEN DURCH UND DURCH VER-NÜNFTIG ...
BONK
HA!
HA!
HA!

DU HAST GEWONNEN...
TSS ...
ICH WÜRDE NUR ZU GERN EINEN BLICK AUF SEIN TRIEBLEBEN WERFEN...
FSHHHH
SENA...

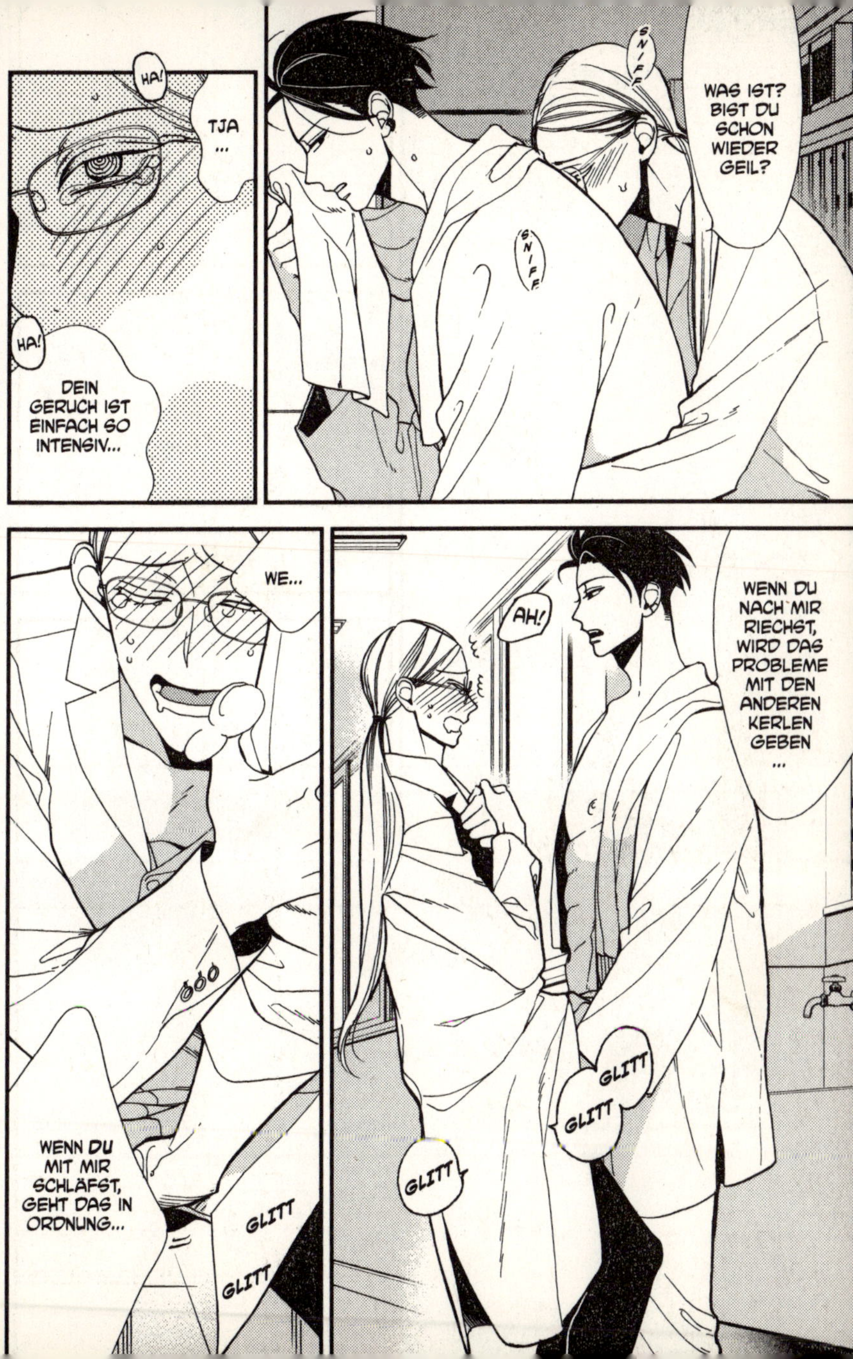
SNIFF
WAS IST? BIST DU SCHON WIEDER GEIL?
SNIFF
HA!
TJA ...
HA!
DEIN GERUCH IST EINFACH SO INTENSIV...
WENN DU NACH MIR RIECHST, WIRD DAS PROBLEME MIT DEN ANDEREN KERLEN GEBEN ...
AH!
GLITT
GLITT
GLITT
WE...
WENN DU MIT MIR SCHLÄFST, GEHT DAS IN ORDNUNG...
GLITT
GLITT

MIT DEINEM GERUCH AN MIR...
... KÖNNEN MIR DIE JUNGS DIESER SCHULE NICHTS ANHABEN...
HA...
ICH BITTE DICH...
SIE FÜRCH-TEN DEINEN DUFT...
... UND WÜRDEN DANN AUCH EINEN OMEGA WIE MICH FÜRCHTEN.
ZOPP
AH!
DRIBB
PAMM
PAMM
PAMM

HA!
HA!
...!
HA!
ギリ…
GNNN
AH!
タン
TAP

AH...
SCHON KOMMT EIN ALPHA ANGE-LAUFEN...

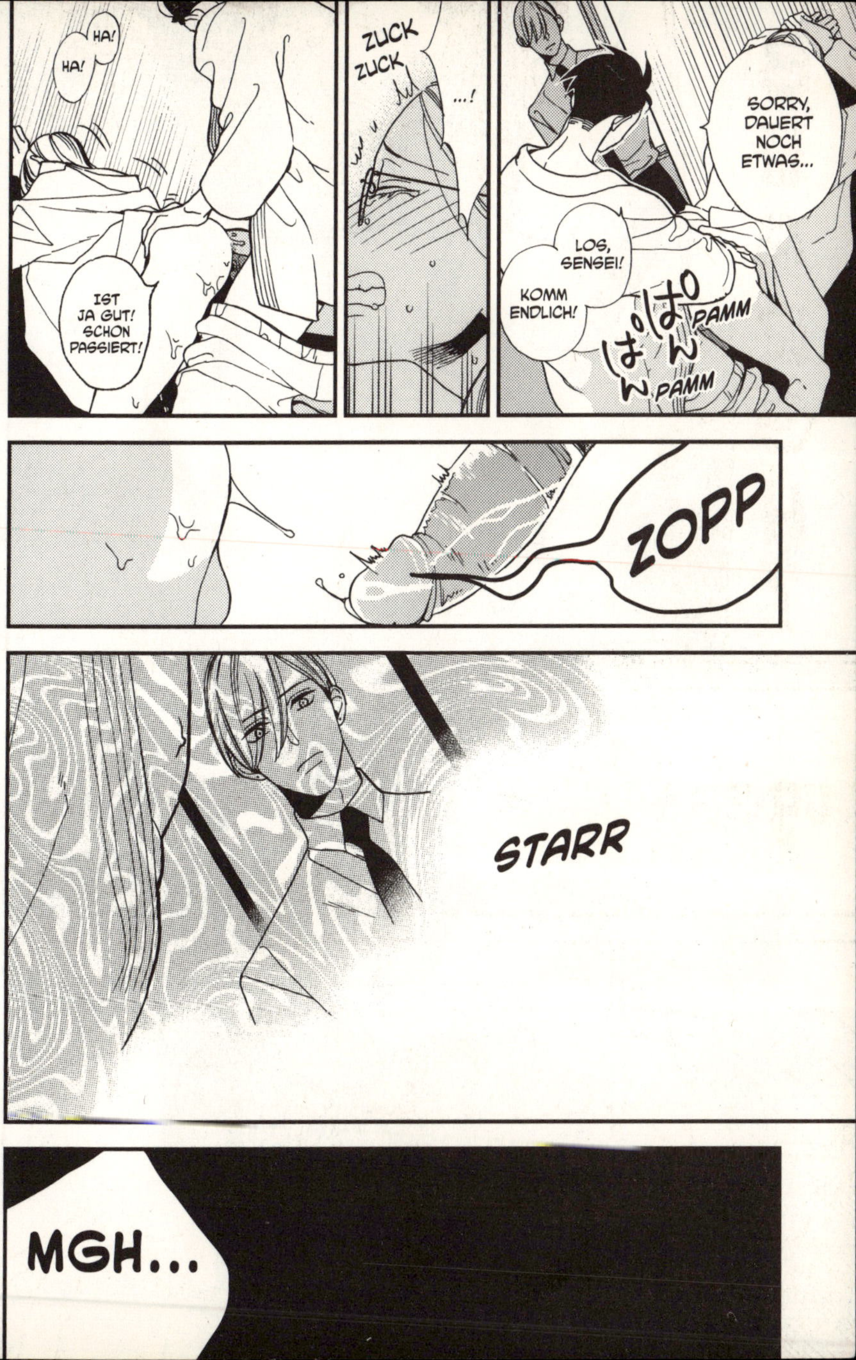
SORRY, DAUERT NOCH ETWAS...
LOS, SENSEI!
KOMM ENDLICH!
ぱん PAMM
ぱん PAMM
ZUCK ZUCK
...!
HA!
HA!
IST JA GUT! SCHON PASSIERT!
ZOPP
STARR
MGH...

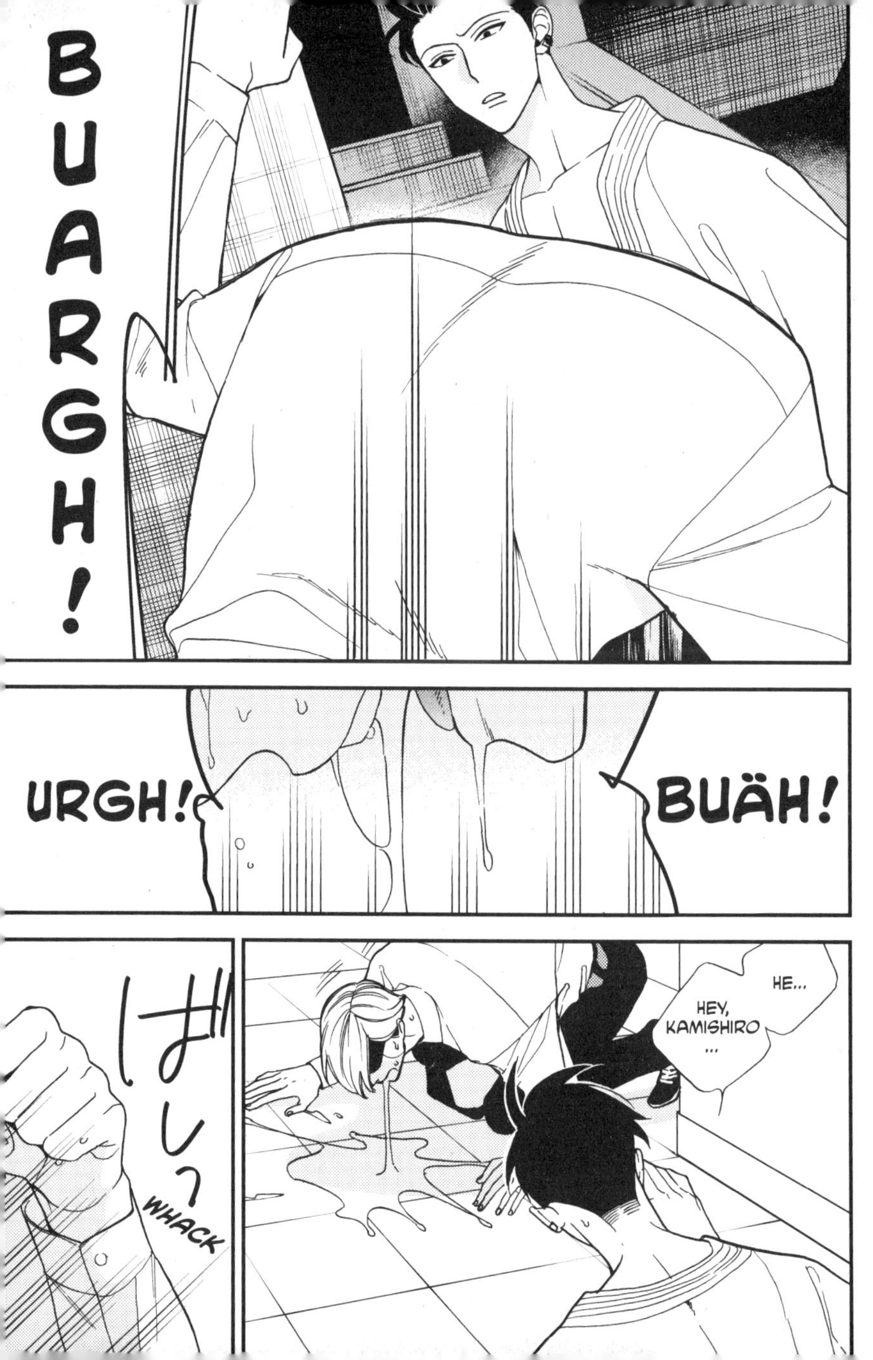
BUARGH!
BUÄH!
URGH!
HE...
HEY, KAMISHIRO ...
WHACK

FALL TOT UM...
...
201
Kamishiro
TOCK TOCK
KLAR WAR DAS EIN BISSCHEN HEFTIG FÜR IHN...

MUTTER ...
ES BRINGT NICHTS, MIR DAS ZU SAGEN...
ICH WERDE DESHALB NICHT...
GLAAA
HEY, KAMI-SHIRO ...
DARF ICH...?
!
NEIN! KOMM BLOSS NICHT REIN!
RAUS HIER!
SOFORT RAUS...!
GRM
WAS IST?
IMMERHIN HAB ICH DEINEN DRECK VORHIN WEG-GEMACHT...
DODOMM

HA!
HA!
DIESER SÜSSE GERUCH...
... DER MEIN BEGEHREN WECKT...
DAS IST...
... DER TRIEB DES OMEGA...
BIST DU...
... ETWA EIN OMEGA?
...!

POLTER
POLTER
IRKS!
FLOMP
HEY! SAG MIR, WAS DAS ZU BEDEUTEN HATTE!
GASCHA
ICH DACHTE, DU WÄRST EIN ALPHA!?
IMMERHIN IST DAS HIER EINE SCHULE FÜR ALPHAS!
ICH BIN AUCH EINER!

HAAAH ...
ICH STAMME... AUS EINER ALTEN, ANGESEHENEN FAMILIE...
WIR SOLLTEN ÜBER ALLEN ANDEREN STEHEN...
DIE FAMILIE KAMISHIRO DARF KEINEN OMEGA HERVORBRINGEN...
HAST DU BRAV DAS MEDIKAMENT GENOMMEN?
DAS MEDI...
AUSSERDEM WAR DEINE ERZIEHUNG UND KONDITIONIERUNG VON KINDHEIT AN AUF ALPHA AUSGERICHTET.
AUS EINEM OMEGA WIRD KAUM EIN ECHTER ALPHA. ALSO WIRST DU NIE PERFEKT SEIN...
DOCH NACH AUSSEN HIN SOLLTEST DU ALS ALPHA DURCHGEHEN. ABER VERRAT MIR MAL...
ES IST EINE MISCHUNG AUS OMEGA-TRIEBHEMMERN UND ALPHA-HORMONEN.
NOCH NICHT ZUGELASSEN...
ES IST ALLERDINGS ERWIESEN, DASS ES DIE OMEGA-ENTWICKLUNG STOPPEN KANN.

... WIESO DU HINTER ALPHAS HER BIST!
WIESO...?!
KLAR, IN EUREN KREISEN ...
... IST MAN AUF DEN RUF BEDACHT ...
HA!
UND WIE IST DIESE NEIGUNG WIEDERERWACHT...
... NACHDEM SIE SO VOLLSTÄNDIG GESTOPPT WORDEN WAR?
DIESER ANBLICK...
DARAN DA... BIST DU SCHULD...
WELCHER ANBLICK?
AH...
... UND DANN...
... BIST DU SCHARF AUF MICH GEWORDEN, WAS?
ALS ICH MIT TOJO SEX HATTE
DA HABEN DICH WOHL DIE ALPHA-PHEROMONE ERWISCHT...

かあぁ
BLUSH
NEIN!
NEIN?
DANN SIEH MICH MAL AN!
FÜHL MICH!
SWIFF
RIECH MICH!

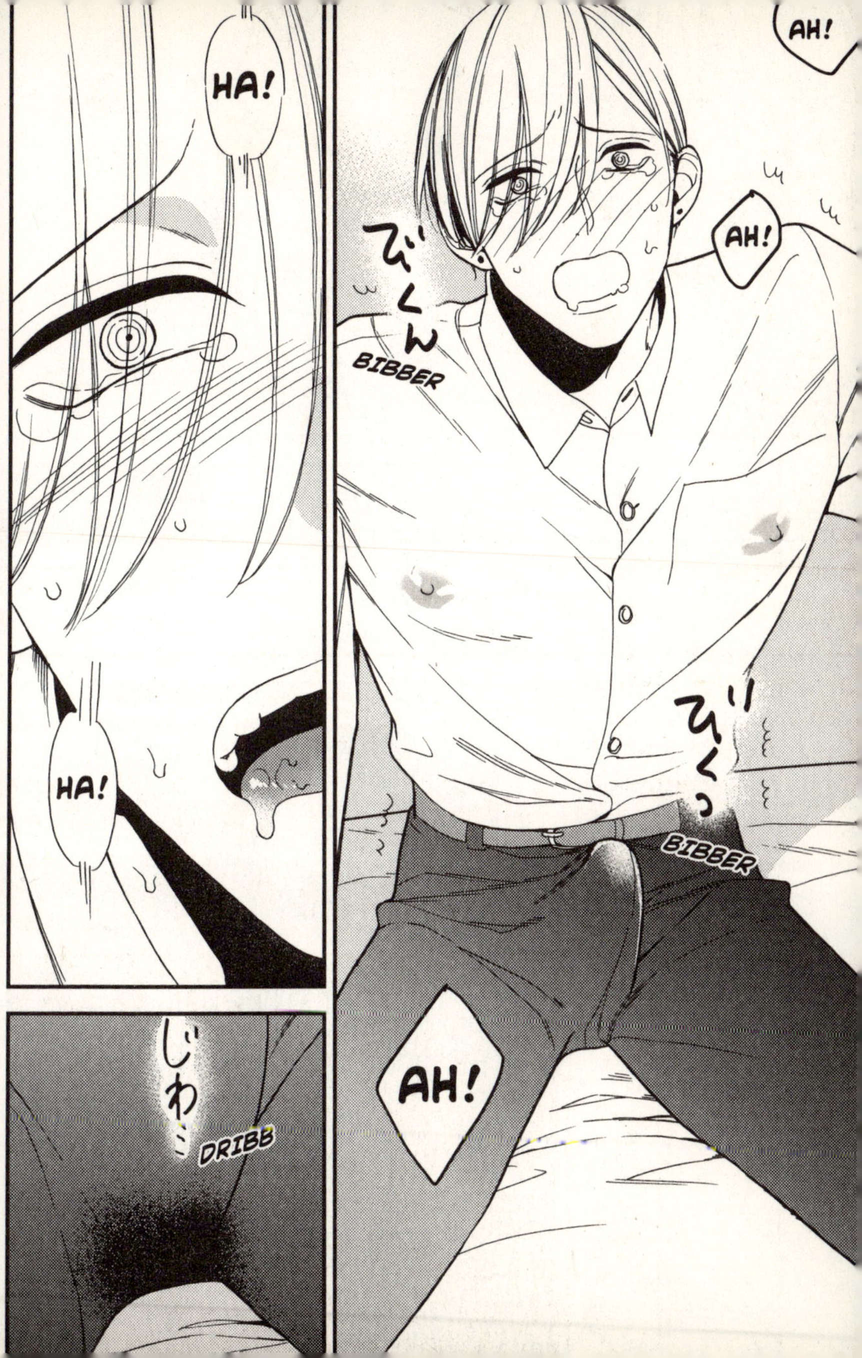
AH!
AH!
びくん
BIBBER
ぴくっ
BIBBER
AH!
HA!
HA!
じわ
DRIBB

ER HAT SICH SO BEMÜHT, MICH ZU HASSEN...
... WAR DANN ABER SEINEN TRIEBEN UNTERLEGEN UND BEGEHRT MICH NUN...
DAS IST ES NICHT, WAS ICH SEHEN WOLLTE...
ER ZEIGT DIE SCHWACHE REAKTION DER OMEGAS, WIE ICH SIE NUR ZU GUT KENNE...

DABEI WAR ICH SO GESPANNT AUF SEIN TRIEBLEBEN...
JETZT BIN ICH ENTTÄUSCHT...
ERZÄHL DAS...
... NICHT IN DER SCHULE RUM...
ICH BITTE DICH...
GEHT KLAR.
GRAB

DANN WERDE ICH DICH ZUM ALPHA MACHEN!

ABER DAFÜR ...
... MACHST DU FÜR MICH ERST MAL ALS OMEGA DIE BEINE BREIT!

#2
anti alpha
ICH WAR AUF AUGENHÖHE MIT DEN ALPHAS...
... UND DER OMEGA SHION BEDEUTET MIR VIEL...
ICH HATTE NIE ZWEIFEL AN MEINER IDENTITÄT ALS ALPHA...
ICH SOLL ALS OMEGA...

HEISST DAS, ICH SOLL FÜR DEINEN TRIEBABBAU SORGEN?
MACHST DU WITZE?!
KOMM SCHON, KAMI-SHIRO ...
DER VOR-SCHLAG IST AUCH IN DEINEM INTE-RESSE.
DU WILLST DEINEN TRIEBSTAU DOCH AUCH SCHNELL BESEITI-GEN.
DER BEISCHLAF IST DA DIE SCHNELLSTE LÖSUNG.
ALS OMEGA AN EINER ALPHA-SCHULE ZU SEIN IST GEFÄHRLICH.
EGAL, WELCHER TYP... KEINER HAT DIE TRIEBE UNTER KONTROLLE.
DARUM WURDEN WIR AUCH SAUBER GETRENNT.
TJA!
WIE SEHR DU DICH AUCH ZU VERSTECKEN VERSUCHST...
... DU WIRST BALD ALS OMEGA ENTTARNT SEIN...

AUSSER-DEM IST DIE LEHRE VOM OMEGA ALS ZU BESCHÜT-ZENDES WESEN NOCH NICHT ALLGEMEIN AN-GEKOMMEN.
BESON-DERS HIER SITZT DAS ALTE ELITE-DENKEN BEI VIELEN KERLEN TIEF.
SIE WÜRDEN DICH MIT ANDEREN AUGEN BE-TRACHTEN.
MEINE PHERO-MONE SIND STARK.
NACH DEM SEX WIRST DU INTENSIV NACH ALPHA RIECHEN.
ICH LEIHE DIR MEINE PHEROMONE, DAMIT DU DICH ALS ALPHA TARNEN KANNST.
UND ICH SELBST KANN DABEI AUCH DRUCK ABBAUEN!
SO WERDEN ALLE GLÜCK-LICH!
TOJO HAT IM MOMENT AUCH KEINE ZEIT...

DER KERL IST ECHT DAS LETZTE ...
KLUG, WIE DU BIST...
... WEISST DU, WAS DAS BESTE IST.
ES TUT MIR LEID, SHION ...
... ABER ICH MACHE BLOSS, WAS AUCH DER DOKTOR MACHT...
IST NUR EINE NOTMASS-NAHME...

HEY...
DAS IST ECHT KRANK ...
NICHT SO VIEL KÖRPER-KONTAKT!
WAS RE-DEST DU DA?
ICH WERDE DEINEN KÖRPER ...
... BIS IN DEN LETZTEN WINKEL DURCH-DRINGEN...

Dieser Barbar...
Wieso ist dieser Alpha Shions Match...?
Auch das Vorspiel passt zu seinem Typ...
Wild und grob...
Sogar hier bist du ganz feucht...
Du bist auf den Sex genügend vorbereitet ...
DRIBB
Spinnst du?!
Okay, ich stecke ihn jetzt rein!
Hey, lass uns reden...!
WUIT

MUSST DU IHN DENN REINSTE-CKEN?...
GEHT ES NICHT ANDERS?...
DIE PHERO-MONE ÜBERTRA-GEN SICH SO AM BESTEN!
SEI AUF ALLES GE-FASST!
GLEICH WERDE ICH DICH GANZ AUS-FÜLLEN!
GLAAA

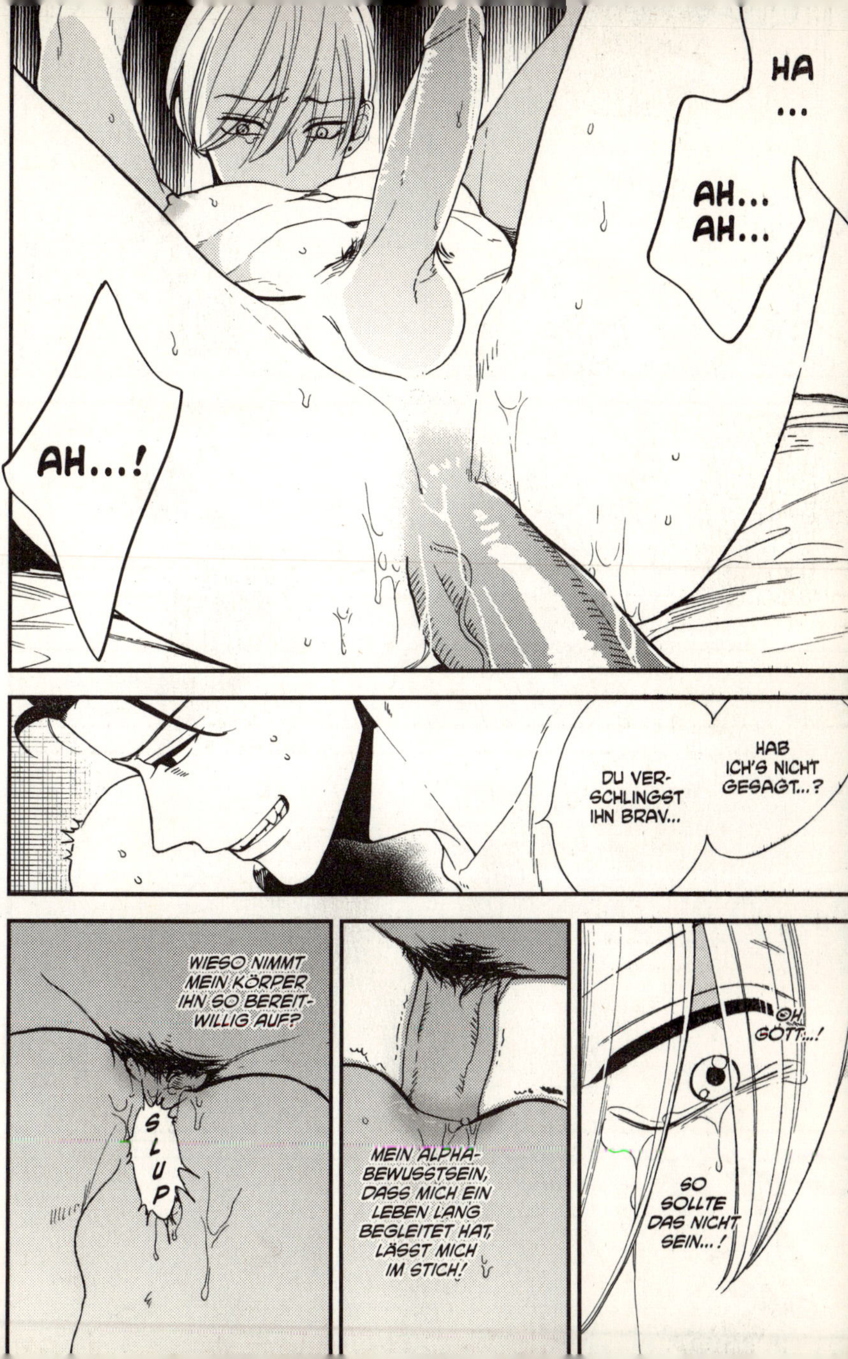
HA ...
AH... AH...
AH...!
HAB ICH'S NICHT GESAGT...?
DU VER-SCHLINGST IHN BRAV...
OH GÖTT...!
SO SOLLTE DAS NICHT SEIN...!
MEIN ALPHA-BEWUSSTSEIN, DASS MICH EIN LEBEN LANG BEGLEITET HAT, LÄSST MICH IM STICH!
WIESO NIMMT MEIN KÖRPER IHN SO BEREIT-WILLIG AUF?
SLUP

AH!
NEIN!
NEIN!
AH!
MEIN KÖRPER IST GANZ GIERIG...
AH!
... NACH DER EXTASE, DIE DIESER ALPHA AUSLÖST...
GLITT GLITT
ぱし
FLAP
MAN KÖNNTE DICH DRAUS-SEN HÖREN.
DAS ZIMMER NEBENAN IST ZWAR MEINS, ABER TROTZ-DEM...
ROMP
ROMP
DU SOLL-TEST AUF ETWAS BEISSEN ...

HAPP
FUUUH...
FUUUH...

BEB
GLEICH KOMME ICH...
!
NEIN...
HÖR AUF...
NGH...
PAMM
PAMM
PAMM
...

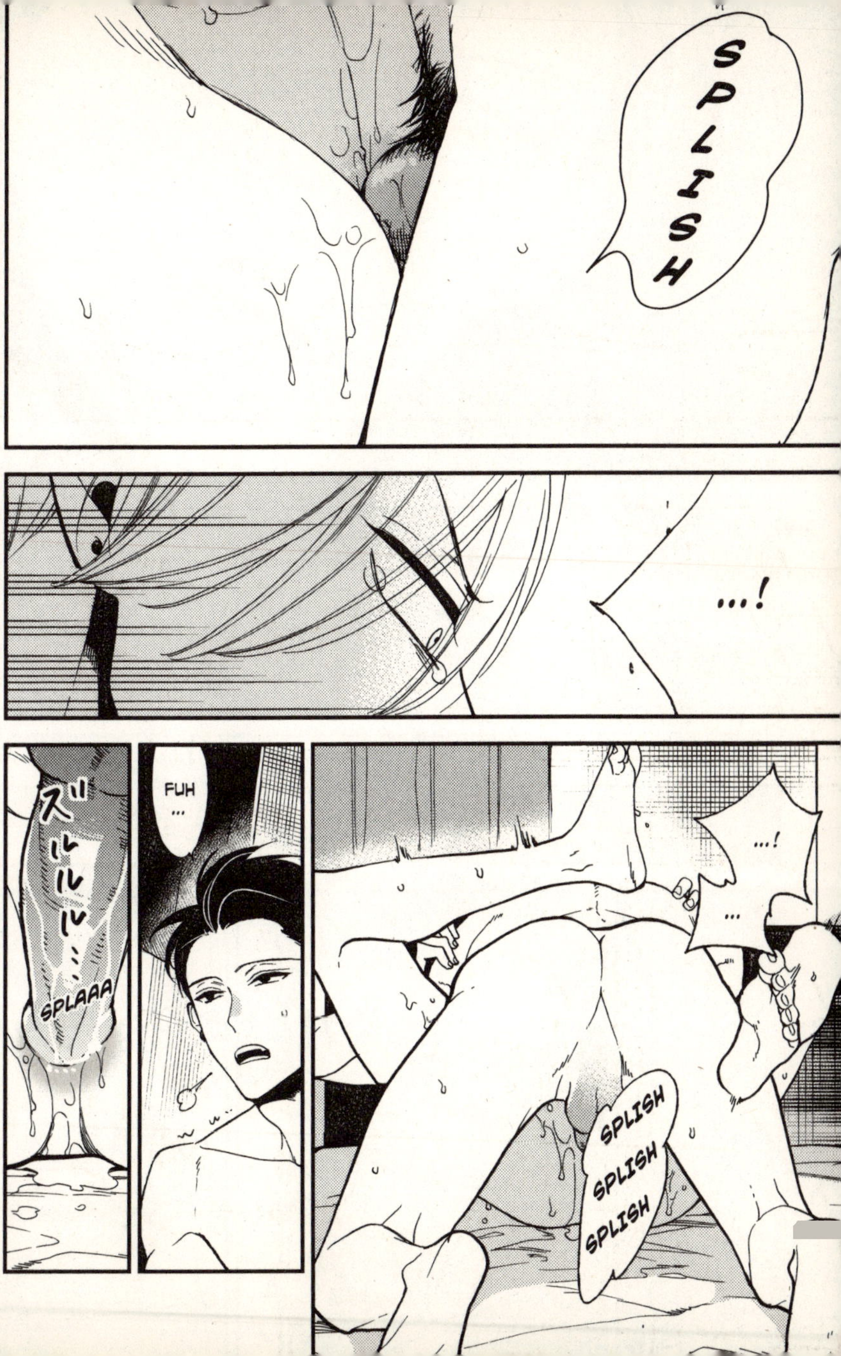
SPLISH
...!
...!
...
SPLISH
SPLISH
SPLISH
FUH
...
ズルルル…
SPLAAA

とろ…
DRIBB
ドカッ
KICK
DU BIST …
… IN MIR…
FLUUU

DAS NENNT MAN OMEGA...
VON EINEM ALPHA ÜBERWÄLTIGT UND KÖRPERLICH EINGENOMMEN ZU WERDEN...
ER HAT MICH ZUM OMEGA GEMACHT...
ZASA
HIER...

Was ist das ...?
So was wie die Pille danach. Hab sie von Tojo.
Wäre doch übel, wenn du schwanger werden würdest.
Hör auf, diese komischen Triebhemmer zu nehmen.
Wenn ich vor dir stehe, wirken die ohnehin nicht mehr.
Ah...
Aua...
ZUCK
Er lacht ganz vergnügt...
Bin ich so lächerlich?

SO RIECHT ES ALSO ...
... WENN ICH MICH MIT DIR VEREINE...
SOBALD SICH EIN ZEIT-FENSTER AUFTUT...
... HABEN WIR SEX...
ICH HABE ES MIT TRIEBHEM-MERN VERSUCHT, ABER BEI SEINEN PHERO-MONEN WIRKEN SIE NICHT.
LECKER?

GLIMP
GOB
ACH...
DIESEN BLICK LIEBE ICH...
SPLISH
...!
NICHT SCHLU-CKEN!
RAUS DAMIT!
SPLAAAA
GLIT GLIT

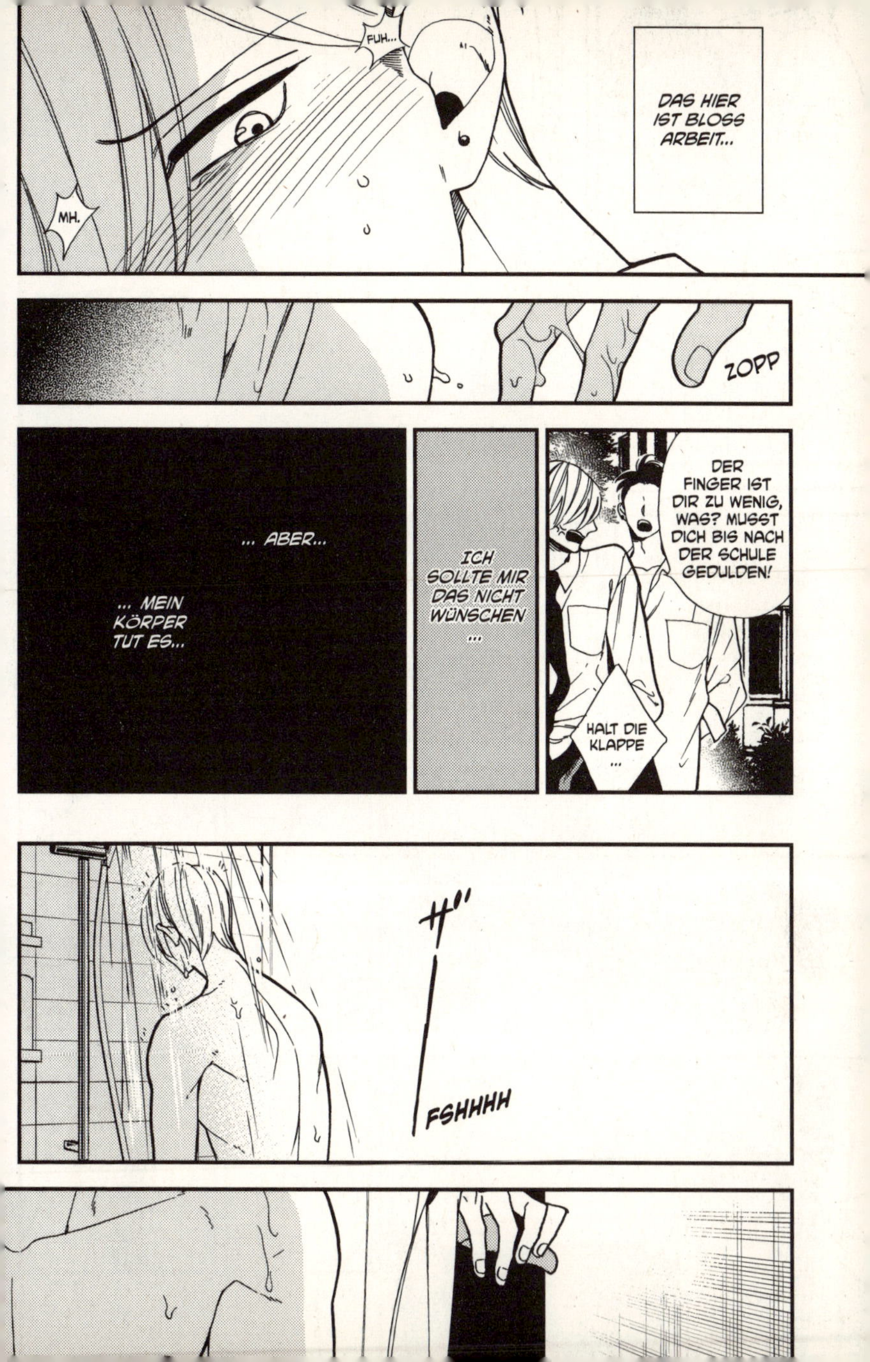
DAS HIER IST BLOSS ARBEIT...
FUH...
MH.
ZOPP
DER FINGER IST DIR ZU WENIG, WAS? MUSST DICH BIS NACH DER SCHULE GEDULDEN!
HALT DIE KLAPPE ...
ICH SOLLTE MIR DAS NICHT WÜNSCHEN ...
... ABER...
... MEIN KÖRPER TUT ES...
H!!
FSHHHH

PAMM
PAMM
PAMM
TOLL, WIE DU IHN EIN-SAUGST...
PAMM
GNÜÜÜ
OHNE RICHTIGEN SCHWANZ GEHT BEI DIR GAR NICHTS MEHR, WAS?
MEIN ALPHA-BEWUSSTSEIN IST WIE WEGGESPÜLT...
ES IST IN WEITER FERNE...
ICH GEWÖHNE MICH IMMER MEHR DARAN, DASS DAS HIER GENAU RICHTIG IST...
SPLISH

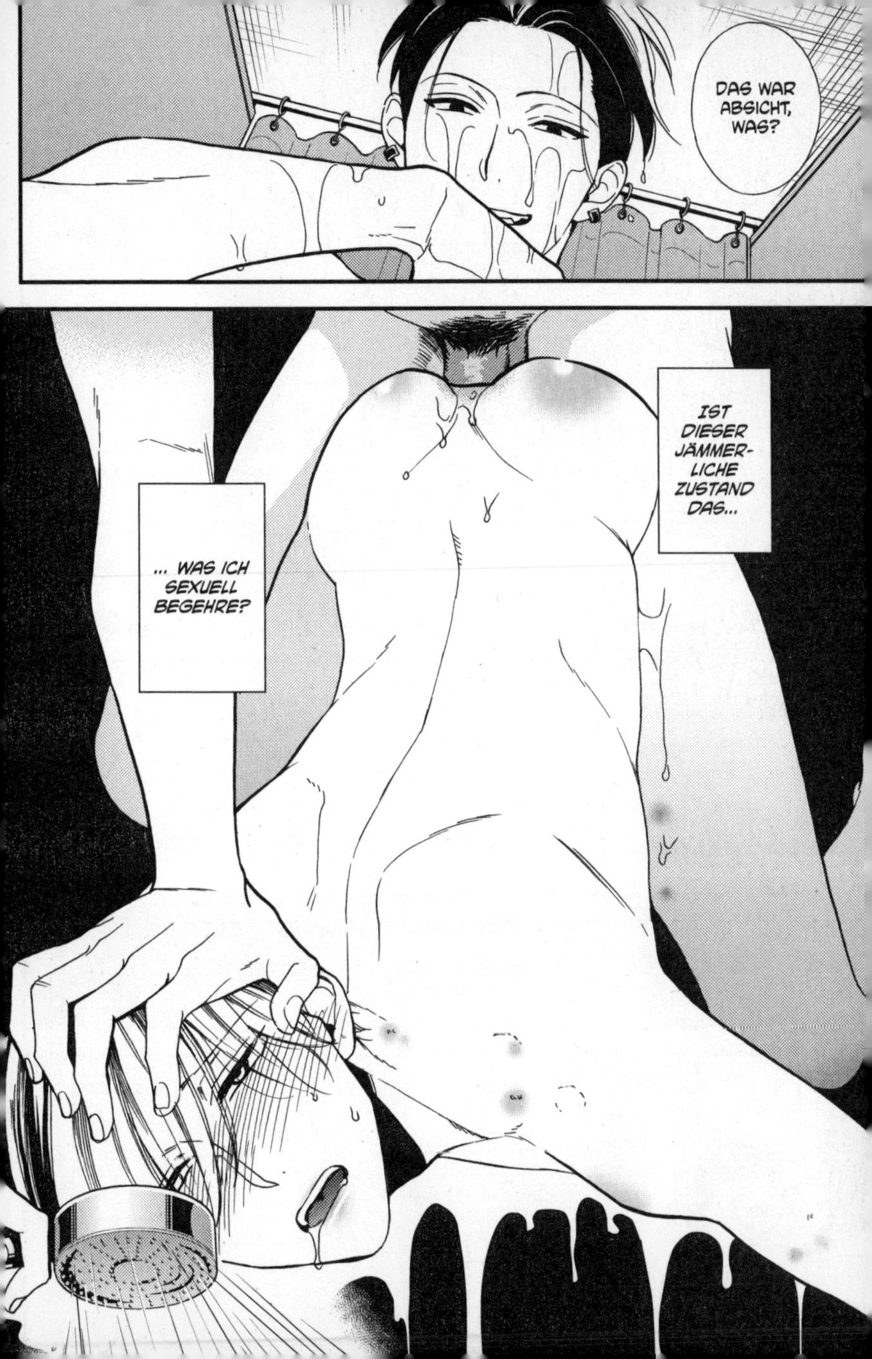
DAS WAR ABSICHT, WAS?
IST DIESER JÄMMER-LICHE ZUSTAND DAS...
... WAS ICH SEXUELL BEGEHRE?

ICH WILL BLOSS...
... DASS DAS WOCHENENDE SCHNELL KOMMT...
ICH MUSS SHION SEHEN...
MEINE LIEBE ZU IHM...
... IST DER EINZIGE BEWEIS DAFÜR, DASS ICH EIN ALPHA BIN...
HEY!
GEH JETZT ZURÜCK IN DEIN ZIMMER!
WIESO? MORGEN IST DOCH SAMSTAG...
ICH FAHRE MORGEN NACH HAUSE.
ENDLICH KANN ICH SHION SEHEN.

Durch ihn...
... werde ich wieder der sein, der ich vorher war...
GIEK
Hey!
Ich muss dich noch mal ordentlich rannehmen, damit du schön nach Alpha riechst, während wir getrennt sind!

SHION!
SORRY, HAT ETWAS GEDAU-ERT!
ACH WAS, KEIN PROBLEM.
HATTEST DU NOCH ZU TUN?
ÄH... JA...
EIN FREUND BRAUCHTE MEINEN BEISTAND ...
DRIBB

ACH! TYPISCH DU!
DU BIST AN DEINER SCHULE BESTIMMT SEHR BELIEBT!
SO WAR ES IMMER MIT SHION...
ICH WAR STETS AN SEINER SEITE UND HABE IHN BESCHÜTZT... *
* BESUCHTEN IN DER GRUNDSTUFE DIESELBE SCHULE.
LÄUFT ALLES GUT BEI DIR IN DER SCHULE?
AN MEINER ...
... HERRSCHEN STARKES KONKURRENZDENKEN UND SPANNUNGEN...
HM ...
MEIN MATCH ...
DIESER YUJIN SENA...
DER MUSS OFFENBAR SEHR BEGEHRT SEIN. VIELE SIND HINTER IHM HER...
... UND EINIGE WETTEIFERN AUCH UM IHN. DOCH DAS SCHEINT IHN NICHT ZU KÜMMERN...

ABER, HEY...
DU HAST DICH ETWAS VERÄNDERT. LIEGT WOHL AN DIESER SCHULE...
DU HAST JETZT DIESEN ALPHA-GERUCH AN DIR.
ES IST SENAS-GERUCH...
... DER AN MIR HAFTET...
MACHT DIR DAS ANGST?
NEIN.
ICH HABE KEINE ANGST VOR ALPHAS.

DU HAST MICH STETS VERTEIDIGT UND BESCHÜTZT.
FÜR MICH VERKÖRPERST DU DEN ALPHA SCHLECHTHIN, REI.
WIE LIEB...!
DIESES ZÄRTLICHE, WARME GEFÜHL...
WÄRE SCHÖN, WENN DU HEUTE BEI MIR ÜBERNACHTEST.
MEIN ONKEL IST ZURÜCK UND WÜRDE DICH GERN SEHEN.
IM ERNST?
ICH WILL IHN AUCH SEHEN!
FRÜHER SIND WIR UNS SO OFT BEGEGNET.
ICH WILL SEINE LOVESTORY HÖREN!
... DAS MUSS LIEBE SEIN.

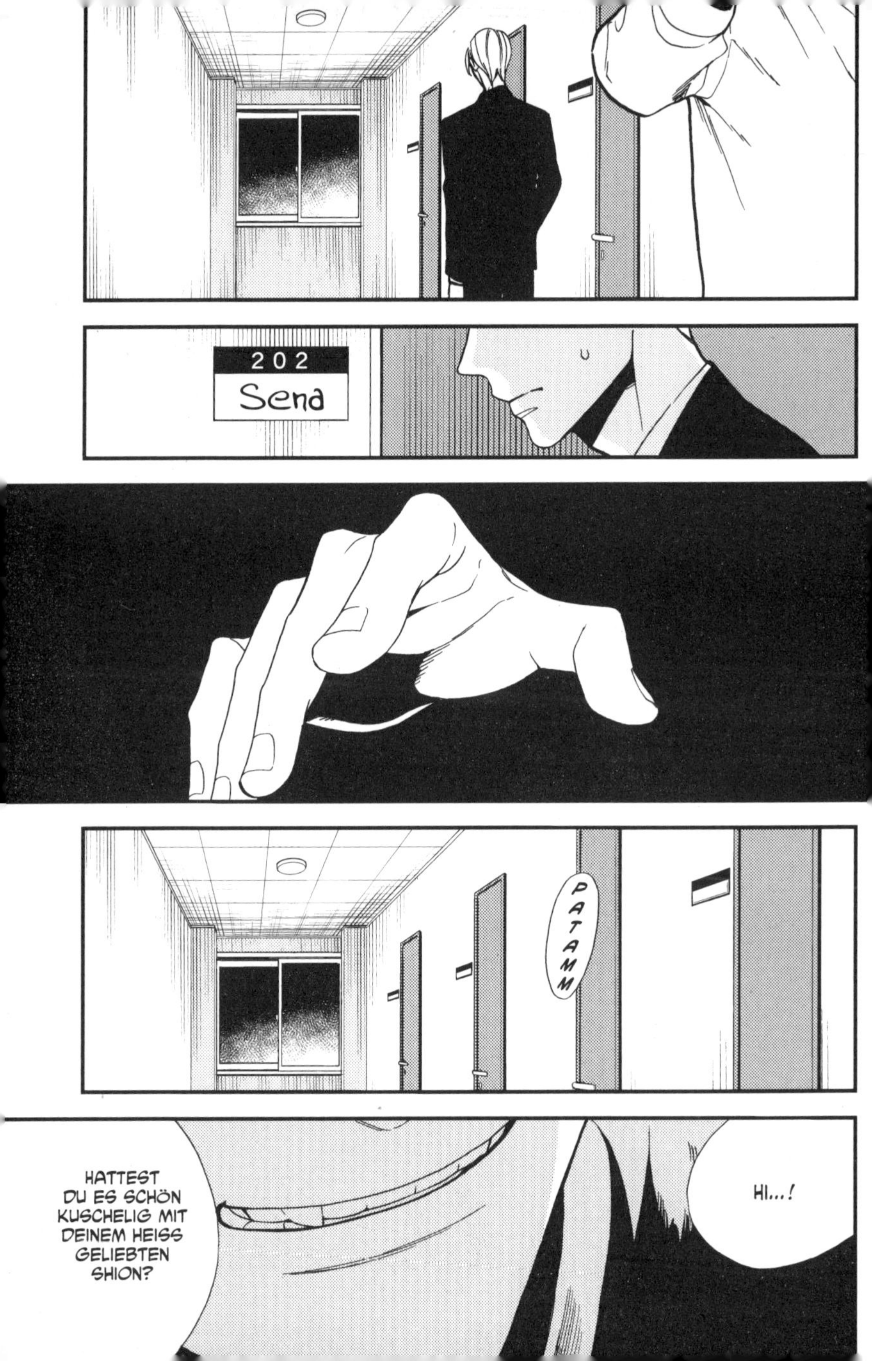
202
Sena
PATAMM
HI...!
HATTEST DU ES SCHÖN KUSCHELIG MIT DEINEM HEISS GELIEBTEN SHION?

カチャ
KLACKA
LASS DA...
スルッ
ZROFF

UND? WIEDER TROCKEN?
FLUPP
AH...
FUH...
DRIBB
WIE OFT HAST DU AN MICH GEDACHT...
... ALS DIR MEIN SPERMA AUS DEM HINTERN LIEF...?
DU WILLST MICH SO SEHR IN DIR...
... DASS DU JETZT SCHON WIEDER GANZ NASS BIST.
WER SOLL DIR DA NOCH GLAUBEN...
... DASS DU SHION LIEBST?
HÖR AUF!

DAS KÖRPER-LICHE HAT KEINE BEDEU-TUNG!
ES IST BLOSS EINE SPONTANE REAKTION!
IN WAHRHEIT HASSE ICH DICH!

ICH KONNTE DICH NOCH NIE AUS-STEHEN ...!
DAS STIMMT ...
PUSH
EGAL, WIE VIEL SEX WIR AUCH HABEN...
... MEIN EIGENTLICHES VERLANGEN WIRD NIE GESTILLT...
AH...!

WAS MUSS ICH TUN, DAMIT DEIN HERZ...
... MIR GEHÖRT?
DAS IST ES, WAS ICH WILL...
DU...
... MUSST ES MIR GEBEN...

OMEGAS, BETAS...
... SOGAR ALPHAS HABEN GETAN, WAS ICH SAGTE...
IN MEINER ALTERSGRUPPE HABE ICH STETS AN DER SPITZE GESTANDEN...
DER 4X4X4-WÜRFEL?
SCHWIE-RIG, WAS?
SOLL ICH DIR ZEIGEN, WIE'S GEHT?
DONK
WEM WILLST DU WAS ZEIGEN?
#3

#3
anti alpha

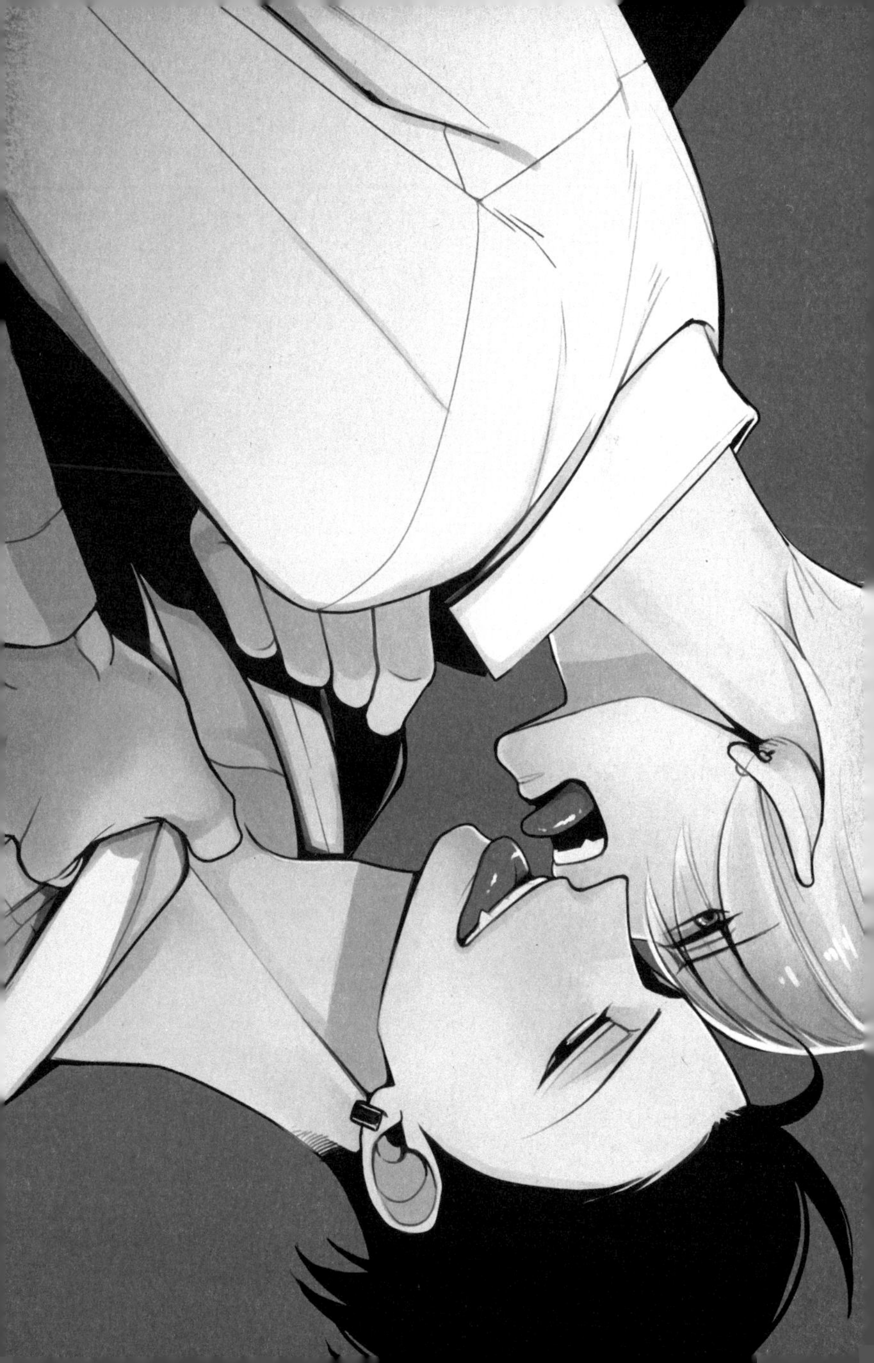

YUJIN ... DICH ENGT DIE SCHULE BESTIMMT EIN, WAS?
NEIN, ONKEL ...
DAS TUT SIE NICHT.
ES GIBT GANZ INTERESSANTE JUNGS DORT.
ICH MAG WIDERSTAND...
... ABER KEINE ABLEHNUNG...
SEIT ICH WEISS, DASS KAMISHIRO EIN OMEGA IST...
... HABEN SICH MEINE GEFÜHLE IHM GEGENÜBER VERÄNDERT...

... ODER VIELLEICHT ZEIGT SICH JETZT BLOSS DEUTLICHER, WAS BEREITS IMMER IN MIR VORHANDEN WAR...

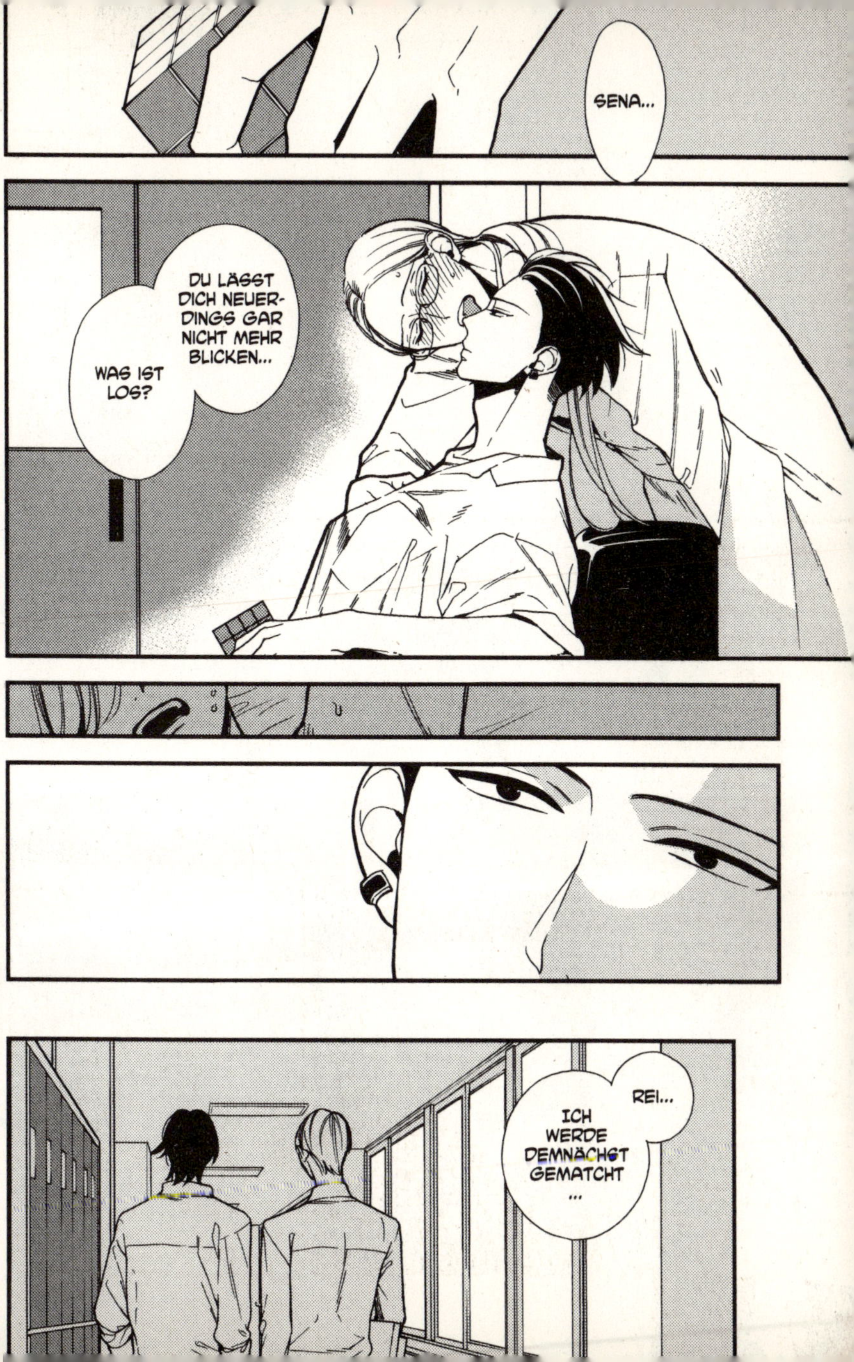
SENA...
DU LÄSST DICH NEUERDINGS GAR NICHT MEHR BLICKEN...
WAS IST LOS?
REI...
ICH WERDE DEMNÄCHST GEMATCHT ...

AB JETZT WERDE ICH SEX OHNE ENDE HABEN!
MACH ES MIT GEFÜHL...
REI, DU BIST EIN ECHTER GENTLEMAN, WAS?
?
DONKS
WÄRE ICH EIN OMEGA, WÜRDE ICH MIR DICH ALS MATCH WÜNSCHEN!
UH...
WÄRST DU EIN OMEGA ...?
NEIN, SO EINER WILL ICH DOCH NICHT SEIN...
... EIN OMEGA...
WAS SOLL DAS WERDEN?

SENA...
ICH WERDE WIEDER GEIL...
GLUPS
SORRY ...!
ICH MUSS LOS!
ICH AUCH...

NEIN!
HÖR AUF, SENA!
WOLLTE DICH EBEN EIN ANDERER ALPHA VERFÜHREN?
DU KAMST DOCH GERADE AUS DEM ARZTZIMMER...
WENN DU EBEN MIT TOJO-SENSEI TRIEBABBAU BETRIEBEN HAST...
ZWIII
... IST SEX MIT MIR DOCH NICHT MEHR NÖTIG...
NEIN, WOLLTE ER NICHT!
UH...
HAB ICH ABER NICHT!

ES HAT MICH ERREGT, DASS DU ANGEMACHT WURDEST...
DARUM WILL ICH NUN SEX MIT DIR...
ICH MACHE ES NICHT MEHR MIT TOJO...
DA ...
DAS IST GUT...
AUCH DEINE MIT-SCHÜLER WERDEN LANGSAM GEMATCHT ...
... UND DU SELBST SOLLTEST DICH FÜR SHION REIN HALTEN...

Mit Shion hat das nichts zu tun!
GRAPP
I...
In dieser Position ...
... verliere ich das Gleich-ge...
Halte dich einfach an mir fest.
Sena will mein Herz erobern...
Dass auch mein Herz...
... sich ihm unter-wirft...
... das lasse ich nicht zu...
Ich bin kein Omega...
Ah...

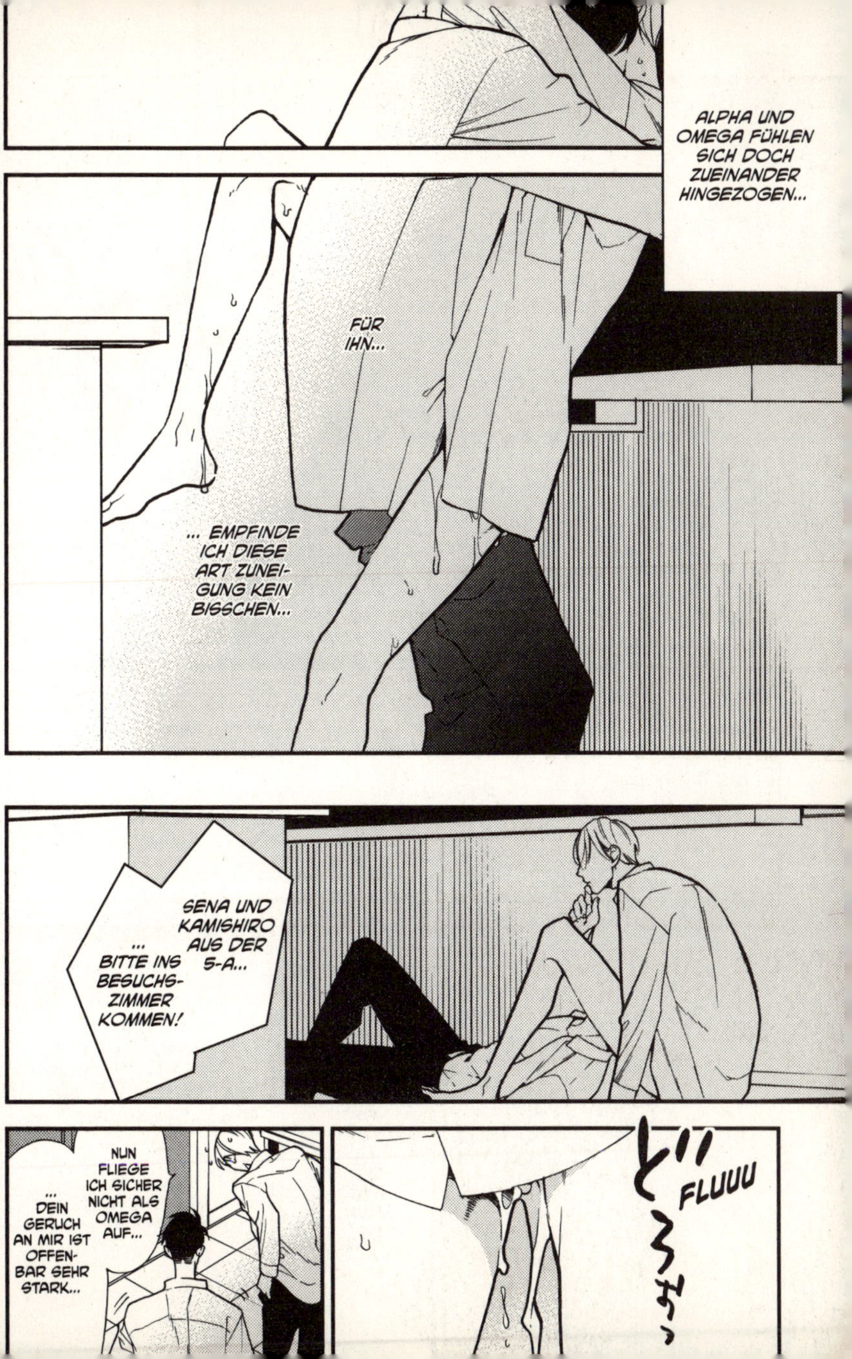
ALPHA UND OMEGA FÜHLEN SICH DOCH ZUEINANDER HINGEZOGEN...
FÜR IHN...
... EMPFINDE ICH DIESE ART ZUNEI-GUNG KEIN BISSCHEN...
SENA UND KAMISHIRO AUS DER 5-A...
... BITTE INS BESUCHS-ZIMMER KOMMEN!
FLUUU
NUN FLIEGE ICH SICHER NICHT ALS OMEGA AUF...
... DEIN GERUCH AN MIR IST OFFEN-BAR SEHR STARK...

DOCH WIESO SOLLEN WIR EIGENTLICH GEMEIN-SAM...
MIST...!
MEIN ONKEL IST HIER...
DEIN ONKEL...?
カチャ
GASCHA
WAS HAT DAS ZU BE...
AH, YUJIN...
DA DU TROTZ MEINER WIEDERHOLTEN BITTE NIE NACH HAUSE KOMMST...
... BIN ICH NUN ZU DIR GEKOMMEN.

DU WURDEST GANZ GEIL, ALS DU MICH SAHST...
DARUM HAB ICH DICH GENOMMEN, ABER...
ZOPP
TUT MIR LEID...
ZUCK ZUCK
... DAS WAR WOHL DOCH ZU VIEL STIMULATION...
SPLISH
IHR SEID WIRKLICH ARM DRAN...
... IHR OMEGAS...
DIESE MACHT DER LUST...
DRIBB
MIR GEHT ES MIT SENA GENAUSO...
ICH WILL MICH SOFORT AUF SEINEN SCHWANZ STÜRZEN...
ES STEUERT MICH NUR NOCH DER TRIEB...
ALLES ANDERE IM KOPF VERSCHWINDET...
ICH KANN NUR NOCH DARAN DENKEN...

KH...
DER REIZ KANN SO STARK SEIN, DASS MIR ÜBEL WIRD...
DU BIST ALSO KAMISHIRO.
YUJIN HAT MIR VON DIR ERZÄHLT...
DA WOLLTE ICH DICH MAL KENNEN-LERNEN.
NEIN!
NEIN!
ICH WILL NICHT, DASS RAUS-KOMMT...
... WIE ES UM MEINE TRIEBE STEHT!
...
DEINE PHERO-MONE...
... SIND DENEN VON YUJIN ÄHNLICH...

SENAS GERUCH ...
... HAFTET NOCH AN MIR...
ALLES OKAY...
NOCH IST ETWAS DAVON DA...
GRAB
OFFENBAR REAGIEREN NEULINGE WIE ICH...
... STARK AUF SITUATIONEN WIE DIESE.
ABER EINE DERARTIGE BEHANDLUNG UNSERES SCHULARZTES ...
... DER AN DIESER SCHULE HEILIGE PFLICHTEN ERFÜLLT, SCHÄTZE ICH NICHT.

ALLES KLAR, TOJO-SENSEI?
WENN SIE UNS NUN BITTE ENTSCHUL-DIGEN...
HAST RECHT...
INTERES-SANTER TYP...
NICHT WAHR?
ARZTZIMMER
HA ...
HA ...

SENA ...
DU HAST SUPER DURCHGE-HALTEN...
UH!
FUH...
AH!
AH!
UH!

WIE KONNTEST DU...
... MICH BLOSS EINEM WIE IHM VORSTELLEN?
ES ABZULEHNEN WÄRE VERDÄCHTIG GEWESEN.
LICK
WIR HATTEN DOCH KURZ VORHER SEX.
DACHTE, DA WÜRDEST DU DAS HINKRIEGEN.
SUCK SUCK
ICH HABE ZUM ERSTEN MAL EINEN OMEGA GESEHEN, DEM BEIM ANBLICK MEINES ONKELS NICHT GLEICH DIE LENDEN BEBTEN.
NUN HAST DU ECHT MEINEN VOLLEN RESPEKT!

ACH JA ...?
ALS OMEGA ...?
DIE ART ANERKENNUNG BRAUCHE ICH NICHT.
ALS DU FÜR MICH GANZ IN OMEGA-MANIER DIE BEINE BREIT GEMACHT HAST...
... WAR ICH IRGENDWIE IRRITIERT...
ICH HABE DICH NIE WIE EINEN OMEGA BEHANDELT.
GNÜÜÜ
ギリ
MIT OMEGAS GEHE ICH NÄMLICH EIGENTLICH VIEL BEHUTSAMER UM.
ROMP

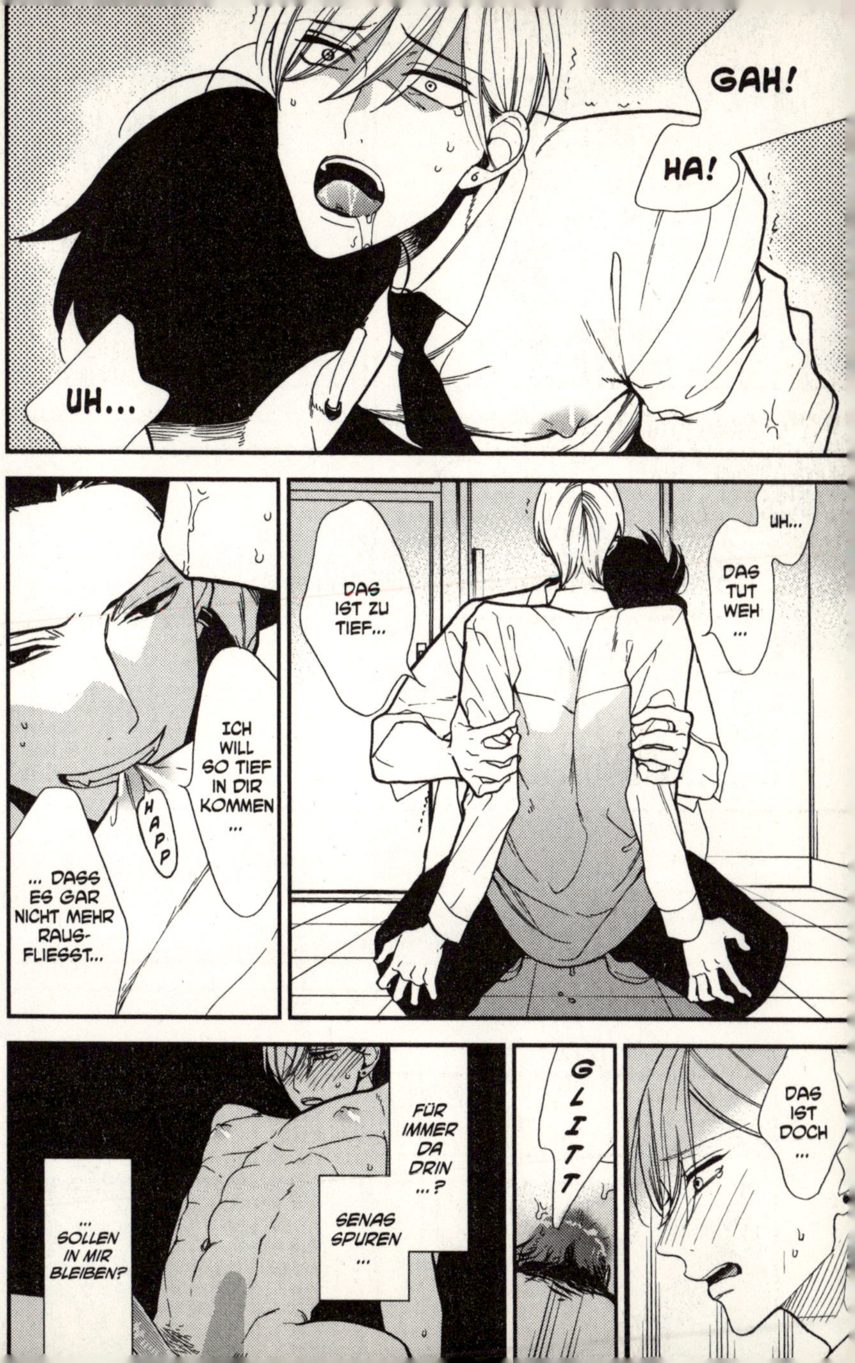
GAH!
HA!
UH...
UH...
DAS TUT WEH ...
DAS IST ZU TIEF...
ICH WILL SO TIEF IN DIR KOMMEN ...
HAPP
... DASS ES GAR NICHT MEHR RAUS-FLIESST...
DAS IST DOCH ...
GLITT
FÜR IMMER DA DRIN ...?
SENAS SPUREN ...
... SOLLEN IN MIR BLEIBEN?

ABER... VIELLEICHT IST DAS GAR NICHT SO SCHLECHT...
IN DIESER SITUATION...
... HABEN SEINE SPUREN MIR DEFINITIV GEHOLFEN...
AH!
GLITT
GLITT
?
...
ICH BIN ZU LAUT ...
GNNN ...

HÖR AUF...
DIESE DINGE SOLLTEST DU LIEBER MIT SHION MACHEN...

SEI STILL.
TU DAS HIER BLOSS NICHT ALS NOTWENDIGE MASSNAHME AB...
ES IST BETRUG AN SHION...
ARZTZIMMER
SORRY, DU MUSSTEST MICH NEULICH IN EINEM SCHÄNDLICHEN ZUSTAND SEHEN.

HAST MICH SOGAR ZURÜCK IN MEIN ARZTZIMMER GETRAGEN.
DANKE.
SCHON GUT.
EIN ALPHA DER ALTEN GENERATION...
DIE LEBEN IHRE TRIEBE EINFACH AUS...
SIE WIRKEN ZUNÄCHST VERNÜNFTIG, SIND JEDOCH EISKALT UND NUR IHREM BEGEHREN TREU...
ÄHNLICH WIE SENA ...
... ALLERDINGS MIT EINEM GRUNDLEGENDEN UNTERSCHIED...
SENA IST EIN GENTLEMAN.
PFFF
GENTLEMAN?
ER SOLL EIN GENTLEMAN SEIN?
ERSTAUNLICH, WAS?
ER SCHLÄFT REGELMÄSSIG MIT MIR, ABER...
... NIEMALS WÜRDE ER MICH NÖTIGEN.
ER HÄLT MEINE LUST GEZIELT LEICHT AM BRODELN...
... WAS FÜR MICH KEIN NACHTEIL IST.
ER IST AUCH NIE IN MIR GEKOMMEN.

BEI MIR MACHT ER DAS JEDES MAL...
MIT OMEGAS GEHE ICH NÄMLICH EIGENTLICH VIEL BEHUTSAMER UM.
HAT ER ALSO DIE WAHRHEIT GESAGT!?
DOCH LEIDER ...
... HAT ER MICH AB-SERVIERT...
TJA, MUSS WOHL SO SEIN, WEIL ER BALD SEIN MATCH TREFFEN WIRD...
HÄ?

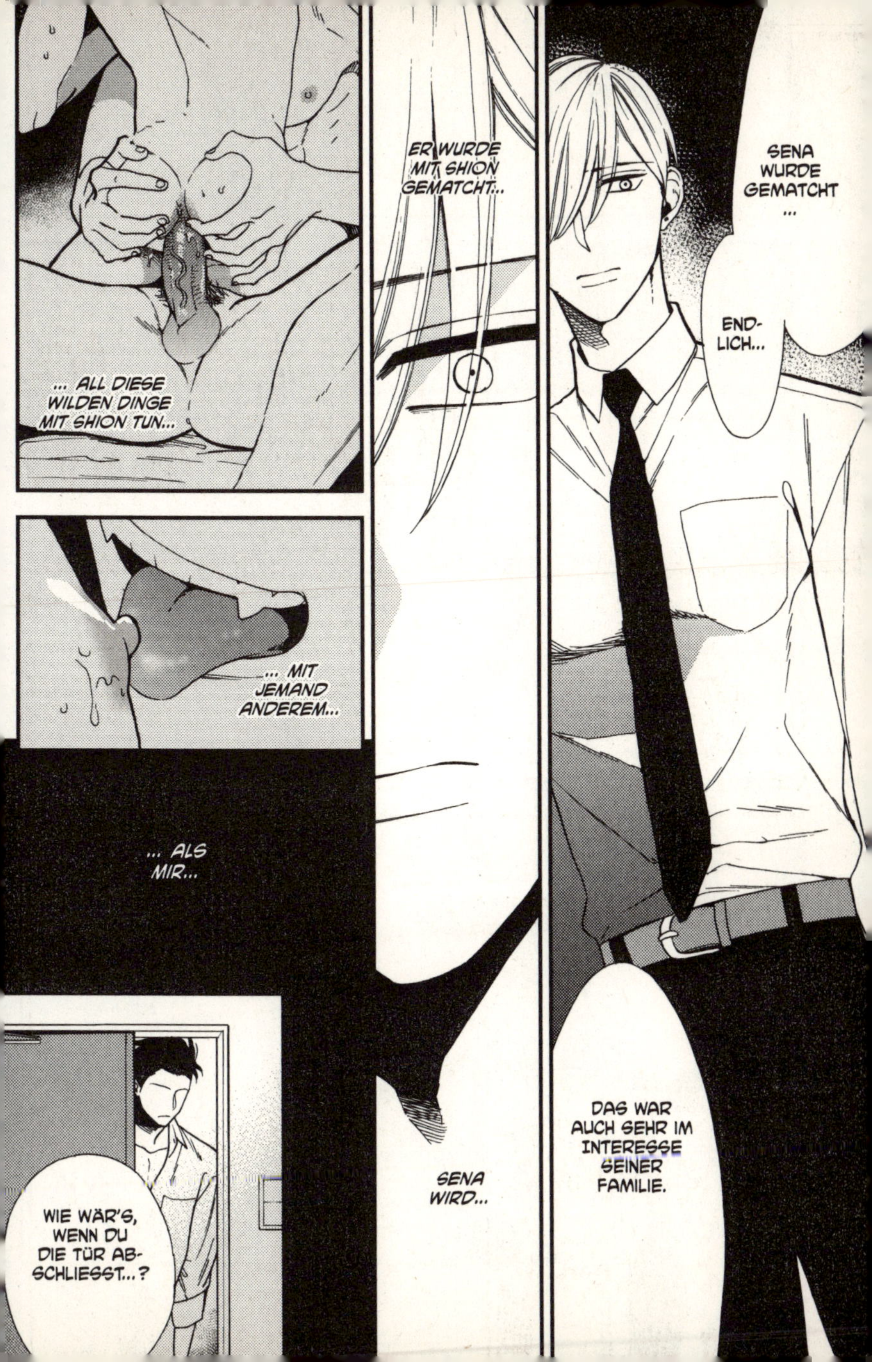
SENA WURDE GEMATCHT ...
END-LICH...
DAS WAR AUCH SEHR IM INTERESSE SEINER FAMILIE.
ER WURDE MIT SHION GEMATCHT...
SENA WIRD...
... ALL DIESE WILDEN DINGE MIT SHION TUN...
... MIT JEMAND ANDEREM...
... ALS MIR...
WIE WÄR'S, WENN DU DIE TÜR AB-SCHLIESST...?

DEINE BESUCHE BEI MIR SIND SELTEN GEWORDEN...
DU WURDEST DOCH MIT SHION GEMATCHT.
WIRD ZEIT, DASS DU ENDLICH DARAN DENKST...
SWIFF
DAS IST EINE GUTE SACHE, DENN ES BEWAHRT DIE ORDNUNG INNERHALB DER SCHULE, ABER...
ACH ...

... ICH LASSE NICHT ZU, DASS DU MIT SHION AUCH SOLCHE SACHEN MACHST!
SOLCHE SACHEN?
?
SO WIE MIT DIR?
IHN NIEDER-STOSSEN...
... UND FEST-HALTEN...
... WILD ÜBER IHN HER-FALLEN...
SCHWÖRE, DASS DU DIE ART SEX...
... NUR MIT MIR HABEN WIRST...!
SIEHST SO AUS ...
... ALS WÄRST DU EIFERSÜCHTIG AUF SHION...

WA...
WAS...?
DOMP
FLOMP
DU WILLST MICH NUR FÜR DICH, WAS?
HE!
HE!
SEI GANZ BERU-HIGT.
ICH LASSE MEIN MATCH MIT SHION CANCELN.

...
HÄ?
ICH GEHÖRE ALS ALPHA NUR DIR ALLEIN.
MUSS SICH GROSSARTIG ANFÜHLEN, SHION SEINEN ALPHA GERAUBT ZU HABEN, WAS?
WAS?

TUT ES...
... NICHT ...
DAS ...
... WAR NICHT MEINE AB-SICHT ...
SHION HAT MAL GESAGT...
WER UM EINEN ALPHA KÄMPFT ...
... DER IST EIN WAHRER OMEGA...
HABE ICH MICH NUN AUCH GEISTIG DEM OMEGA-TYP ANGENÄ-HERT...?
ALPHAS UND OMEGAS ZIEHEN EINANDER AN...
MICH VON IHM VERFÜHREN ZU LASSEN BEDEUTET...
... ZU AKZEPTIEREN, DASS ICH EIN OMEGA BIN...
ALSO...

... DARF ICH NICHT ZULASSEN, DASS ER MICH IN SEINEN BANN ZIEHT...
DANN WERDE ICH SEIN MATCH...
WENN DU NICHT MIT SHION GEMATCHT WERDEN WILLST...
... WERDE ICH...
... SEIN MATCH SEIN!

ICH WERDE SHIONS MATCH!
DANN...
... WIRD ALLES SEINE ORDNUNG HABEN!

#4

KAMISHIRO UND SENA FEHLEN HEUTE...

BEI SENA KOMMT DAS VOR...
ABER KAMISHIRO FEHLT SELTEN...

#4
anti alpha

201
Kamishiro
JA, ONKEL...
ICH CANCELE MEIN MATCH MIT SHION HANAI.
KEIN PRO-BLEM.
FUH...
FUH...
OMEGAS SIND OHNEHIN ALLE GLEICH.

MIT EINER AUSNAHME!
ぼすっ
FLOINK
ぱん
PAMM
ぱん
PAMM
ぱん
PAMM
AAAAAH!

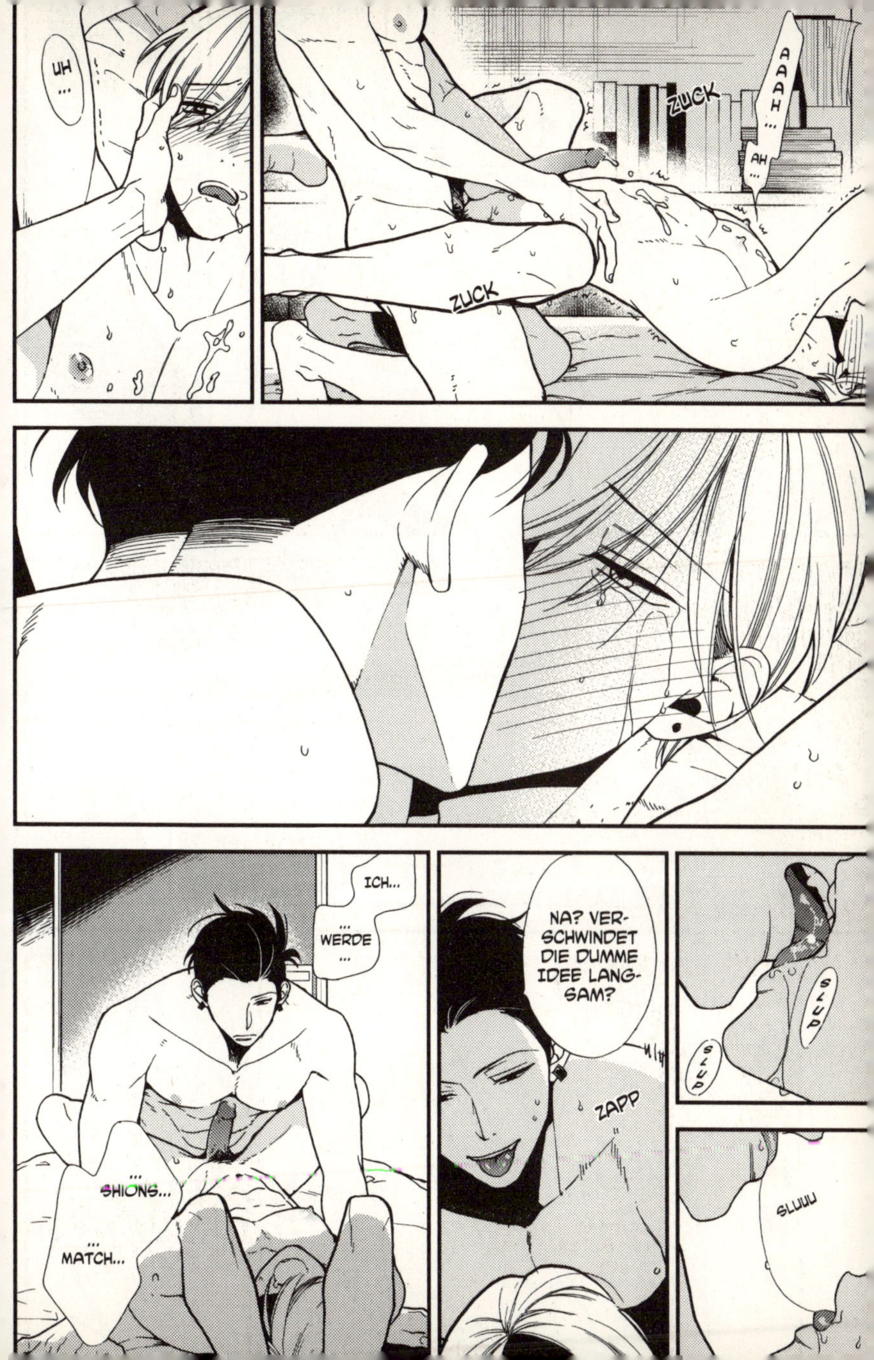
AAAH...
AH...
ZUCK
ZUCK
UH...
SLUP
SLUP
SLUUU
NA? VERSCHWINDET DIE DUMME IDEE LANGSAM?
ZAPP
ICH...
...WERDE...
...SHIONS...
...MATCH...

DU WIRST ABER KEINEN HOCHKRIEGEN, WENN DU IHN TRIFFST!
ICH WERDE DICH VOLLKOMMEN LEER MELKEN!
FAPP FAPP
FAPP
AH!
AH!
AH!
AH!
AH!
GNÜÜÜ
...
WAS DENN ...?
RUBB RUBB
TÖRNT ES DICH ETWA MEHR AN...
... WENN ICH MICH UM DEINEN HINTERN KÜMMERE ALS UM DEN HIER?
AH!
AH!

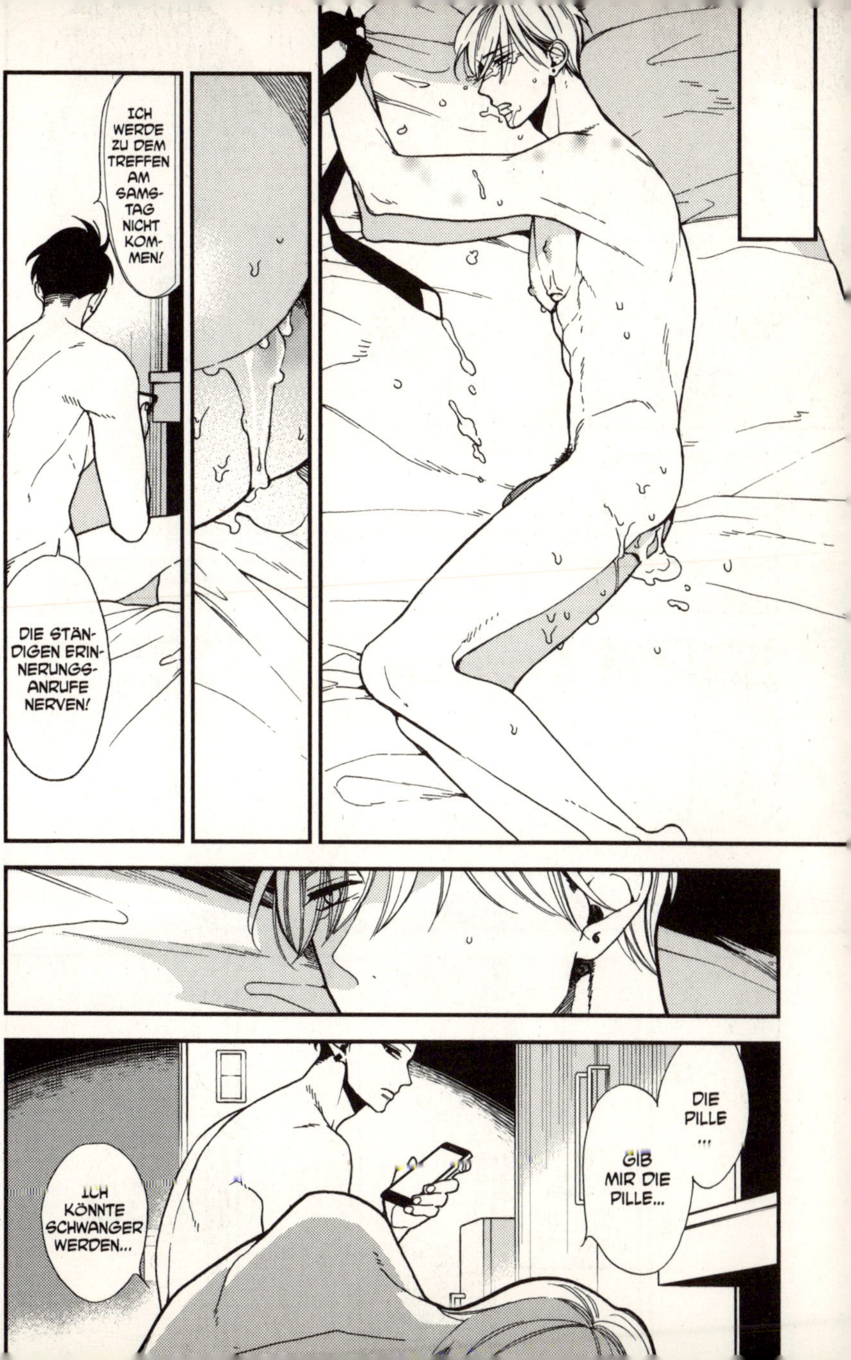
ICH WERDE ZU DEM TREFFEN AM SAMSTAG NICHT KOMMEN!
DIE STÄNDIGEN ERINNERUNGSANRUFE NERVEN!
DIE PILLE ...
GIB MIR DIE PILLE...
ICH KÖNNTE SCHWANGER WERDEN...

...
VIELLEICHT WOLLEN WIR DAS JA!?
...!
BITTE ...
ICH BITTE DICH...!
WO IST SIE...?
AUF DEM SCHREIB-TISCH...
... DIE PACKUNG RECHTS...
ばっ
WOPP

GLUPS
WHACK
ぱしっ

...
WAS HAST DU MICH DA GERADE SCHLUCKEN LASSEN?!
DIE ANTI-OMEGA-KAPSELN ...
... SIND FÜR ALPHAS VERBOTEN...
TSS...
BUARGH!
DOMPA

WOPP
ZOCK
FLAFF
SHION!
REI?!
SORRY, BIN SPÄT DRAN...
LOS, WEG HIER ...
WAS IST MIT DIR, REI?
WIE SIEHST DU AUS ...?
SHION...

LASS UNS ZUSAMMEN SEIN!
WERDE MEIN MATCH!
ICH HABE DICH...
... SCHON IMMER GELIEBT...!

HAST DU ES GEHÖRT ...?
DAS MATCH WURDE GECAN-CELT!
DU SAGST DAS AUS SORGE UM MICH...
WIE LIEB VON DIR, REI...
GNNN
ABER ES MACHT MIR NICHTS AUS!
DANKE JEDENFALLS!
WIESO ...?

DU WEISST DOCH WOHL, WAS ES BEDEUTET, EIN OMEGA OHNE MATCH ZU SEIN!
DU WÄRST FREI-WILD!
DU MÜSSTEST AUCH WEITER-HIN STÄNDIG MEDIKAMENTE NEHMEN!
JA ...
KLAR WEISS ICH DAS...
WOPP
RE...
REI?

ICH KANN MIT IHM...
... SCHLAFEN...
NA LOS...
WERDE ENDLICH HART...
ICH HABE SHION DOCH IMMER GELIEBT...
WIESO TAUCHT NUN...
... DIESER KERL IN MEINEM KOPF AUF...?
パチン!
PATSCH

AUCH WENN ICH NICHT ZU DENEN GEHÖRE, DIE ENTSCHEIDEN...
AUSBEUTEN LASSE ICH MICH NICHT!
DA LEISTE ICH WIDERSTAND, SELBST WENN DU ES BIST, REI!
ALS OMEGA...
... HAT MAN NÄMLICH AUCH DAS RECHT, SICH NICHT VERLETZEN ZU LASSEN.
...
SORRY ...

ICH LIEBE DICH AUCH, REI!
DOCH NICHT AUF DIESE ART!
GRM
GRM
SORRY...
DU WARST STETS...
... STÄRKER...
... ALS ICH...
DAS DENKE ICH NICHT, ABER...
WENN ICH MIR SHION SO ANSEHE, FRAGE ICH MICH...
... WAS EIGENTLICH DAS PROBLEM IST, OMEGA ZU SEIN...
ICH VERBINDE MIT OMEGA NICHTS NEGATIVES...
... WEIL ICH OMEGA MIT SHION GLEICHSETZE...
WIESO ALSO...
... LEHNE ICH MEINE EIGENE OMEGA-SEITE SO SEHR AB...?
WOVOR HABE ICH SOLCHE ANGST...?

ICH HATTE NIE LUST AUF EIN MATCH...
... WEIL ES JEMAND WÄRE, DEN ICH NIE GETROFFEN HABE...
WENN DU DIR ALLERDINGS SOLCHE SORGEN UM MICH MACHST ...
... DANN WERDE ICH ES ÜBERDENKEN...
NEIN!

SORRY ...
SORRY, SHION...
ICH HABE IHN...
WIESO STÜRMEN MEINE GEFÜHLE STÄNDIG VORAUS...
... WÄHREND MEINE VERNUNFT ZURÜCKBLEIBT...

202
Sena
SENA...
IST ER NICHT DA?
IST ER BEI TOJO-SENSEI?
SENA...
NACH DIESER ZURÜCK-WEISUNG...
... IST NUN VIELLEICHT ALLES AUS...
GASCHA
DU BIST EIN ECHT BRUTALER MISTKERL...

...
WENN ICH MEINE BISHERIGE PERSÖN-LICHKEIT VER-LIERE...
... KANN ICH NEBEN DIR NICHT BESTE-HEN...
ICH HATTE ANGST...

VON ANFANG AN...
... HABEN WIR EINANDER WAHRGE-NOMMEN...

GRATULIERE, DU WURDEST EINSTIMMIG...
... ZUM SCHÜLERVERTRETER DER NEUEN GEWÄHLT.
IST MIR EINE EHRE ...
DAS VERDANKST DU DEINER BEISPIELHAFTEN LEBENSFÜHRUNG.
ICH WUSSTE SEHR BALD, WER DIESER KERL WAR.
ER SAH GRUNDSÄTZLICH AUF ALLES UND JEDEN HERAB.
NICHTS BRACHTE IHN AUS DER RUHE.
SOLL ICH DIR ZEIGEN, WIE'S GEHT?
DONK
ICH LASSE NICHT ZU, DASS ER MICH IGNORIERT...
BESTIMMT WAR DIE SACHE MIT SHION...
... BLOSS EINER DER GRÜNDE, WIESO ICH RIVALITÄT MIT IHM EMPFAND...

DASS ES NUN SO AUSGE- ARTET IST, LIEGT VER- MUTLICH DARAN...
... DASS ICH ZUM OMEGA GEWOR- DEN BIN...
DER TYP OMEGA...
... HAT ANGST DAVOR, VON SEINEN TRIEBEN GESTEUERT ZU WERDEN...
ICH WOLLTE EIN ALPHA SEIN.
ICH WOLLTE NIEMALS EIN OMEGA WERDEN.
WÄRE ICH EIN ALPHA...

... HÄTTE ICH MICH NICHT IN EINEN WIE DICH VERLIEBEN MÜSSEN...
PFFF...

WÄRST DU EIN ALPHA...
... WÄRE ICH GENAUSO VER-NARRT IN DICH WIE JETZT.
ES IST DIE REINSTE IRONIE, ABER...
... ES BIETET MIR DIE LÖSUNG FÜR MEINEN KONFLIKT...

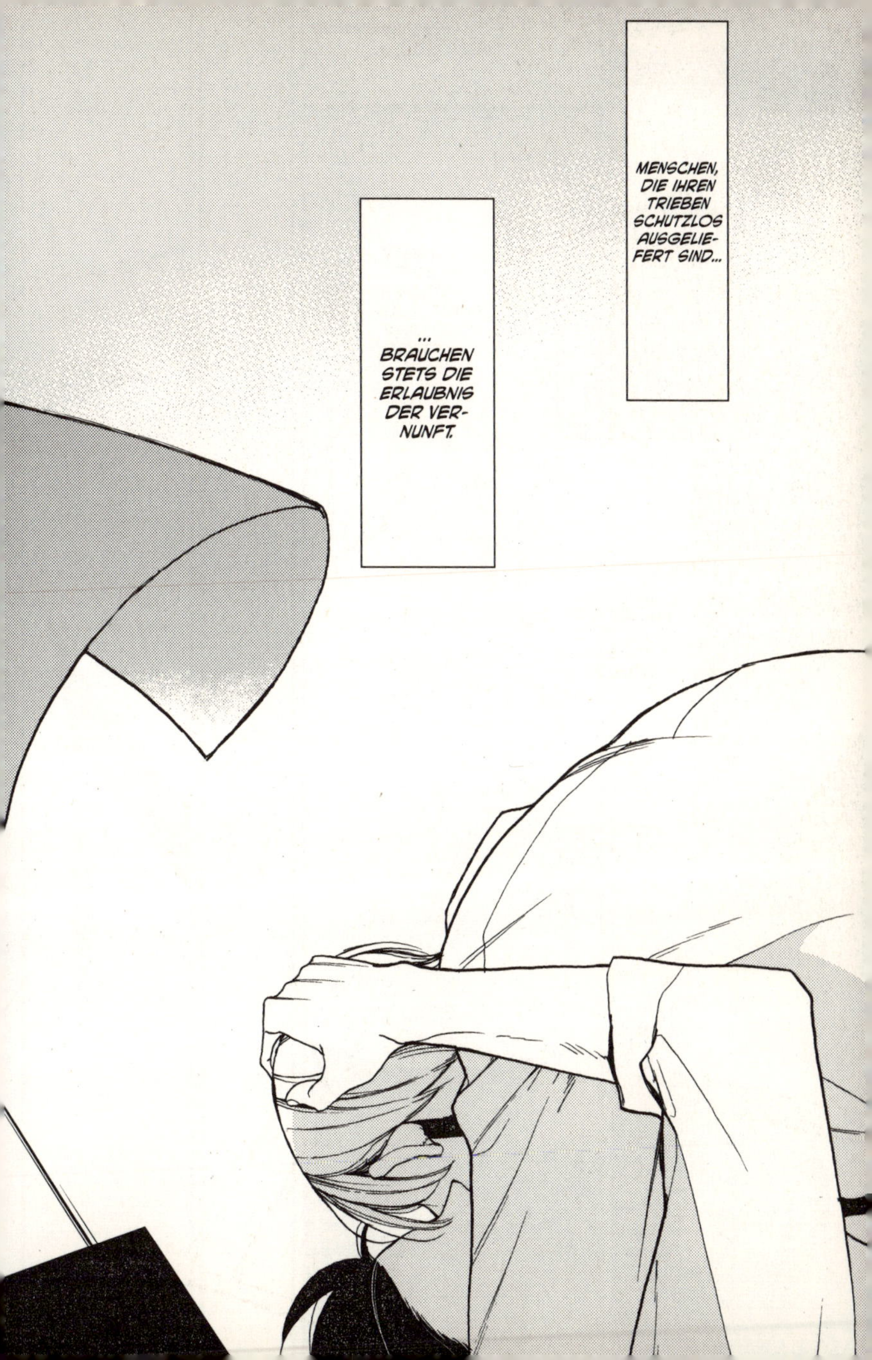
MENSCHEN, DIE IHREN TRIEBEN SCHUTZLOS AUSGELIEFERT SIND...
... BRAUCHEN STETS DIE ERLAUBNIS DER VERNUNFT.

DA HABEN TRIEBE KEINEN PLATZ... UND SCHICKSAL SCHON GAR NICHT.
ABER NUN HABEN WIR UNS EINFACH TREIBEN LASSEN.

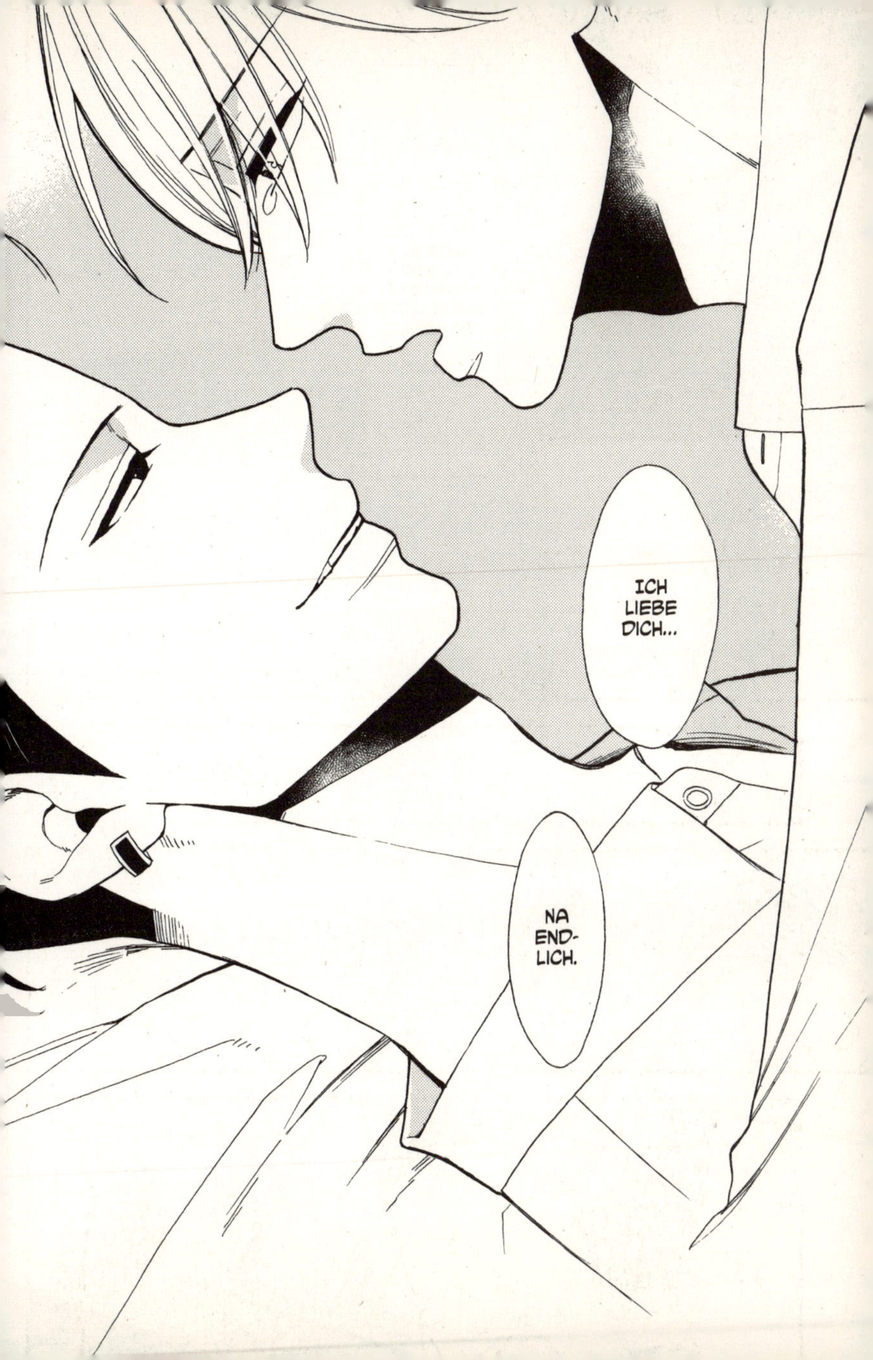
ICH LIEBE DICH...
NA END-LICH.

#5
ICH LIEBE DIESEN KERL, DER SO VEHEMENT VERSUCHT, VERNÜNFTIG ZU SEIN...
FUH ...
FUH ...
MH.
MH.
PAMM
PAMM
MH.
AH!
ROMP
NEIN...!
NICHT SO...!

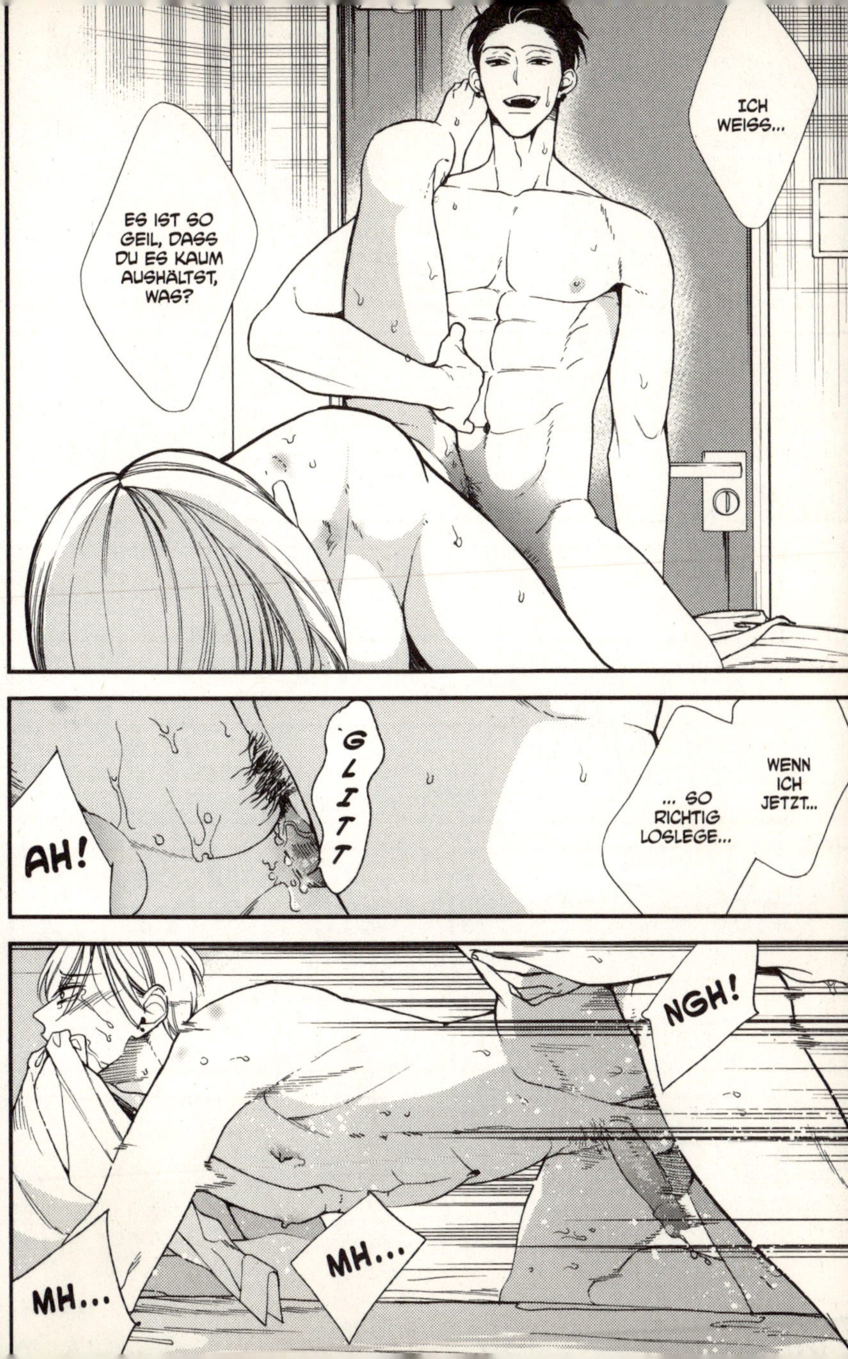
ICH WEISS...
ES IST SO GEIL, DASS DU ES KAUM AUSHÄLTST, WAS?
WENN ICH JETZT...
... SO RICHTIG LOSLEGE...
GLITT
AH!
NGH!
MH...
MH...

SPLISH
WIEDER IN MIR ...!
WOPPA
ZUCK
ZUCK
FLUUU
GUCK NICHT SO ERSTAUNT.

SLUP ひちゃ…
ICH WILL, DASS DIR ALLES BEWUSST IST, WAS ICH MIT DIR MACHE …
ZOOO ズルルル
DASS DU WEISST, WESSEN SCHWANZ IN DICH EIN-DRINGT …
FLUUUU
… UND WESSEN SPERMA DU AUFNIMMST …
MH…
MIR IST ALLES ABSOLUT BEWUSST…
WENN DU MIT MIR SCHLÄFST…
… SPÜRE ICH JEDES MAL, DASS DU MIR DAMIT ETWAS WICHTIGES GIBST…
… UND DANN FÜHLE ICH MICH BESCHÄMT, FRUS-TRIERT UND AUCH ETWAS HILFLOS…

#5
anti alpha

WAS...?
BLOSS ALLE DREI TAGE SEX...?
ICH MUSS AN DIESER SCHULE WEITERHIN ALS ALPHA DURCHGEHEN.
STRENGER BEFEHL MEINER ELTERN.
ICH HABE PASSENDE TRIEBHEMMER FÜR MICH GEFUNDEN.
DAS IST EINFACHER UND WENIGER RISKANT, ALS DER DRUCKABBAU DURCH SEX MIT DIR.
ICH WEISS ABER, WIE STARK DEINE LUST IST...
... UND DARUM DIESES ZUGESTÄNDNIS...
HAAAAH...

DU STEHST AUF MICH...
ICH STEHE AUF DICH...
HATTE GEDACHT, WIR KÖNNTEN JETZT JEDERZEIT SEX HABEN...
BLUSH
HÄ?
WARUM DENN SO ÜBERRASCHT?
FLOMP
ICH WILL JA AUCH ANDAUERND MIT DIR SEX HABEN!

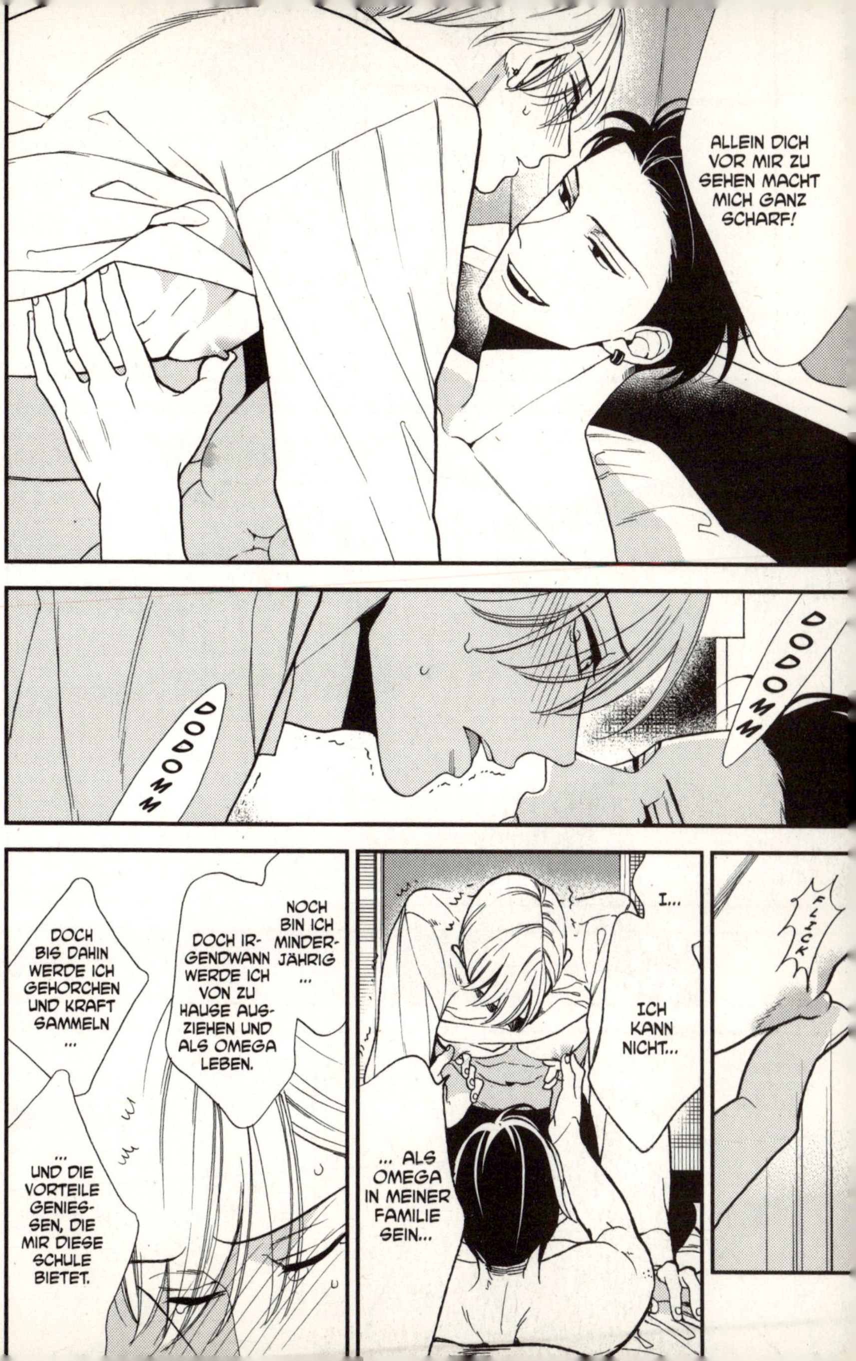
ALLEIN DICH VOR MIR ZU SEHEN MACHT MICH GANZ SCHARF!
DODOMM
DODOMM
FLICK
I...
ICH KANN NICHT...
... ALS OMEGA IN MEINER FAMILIE SEIN...
NOCH BIN ICH MINDER-JÄHRIG ...
DOCH IR-GENDWANN WERDE ICH VON ZU HAUSE AUS-ZIEHEN UND ALS OMEGA LEBEN.
DOCH BIS DAHIN WERDE ICH GEHORCHEN UND KRAFT SAMMELN ...
... UND DIE VORTEILE GENIES-SEN, DIE MIR DIESE SCHULE BIETET.

SOLLTEST DU NICHT OHNE KONTROLLE LEBEN KÖNNEN, WIE DU WILLST?
EINFACH OHNE MÜHSAME VORGABEN?
FLICK
NICHT SCHON WIEDER ...
GRAB
NA JA, WENN DU ES SO WILLST, SOLL ES EBEN SO SEIN.
WIRKLICH NERVIG...
... DEINE FAMILIE ...
NICHT NUR ICH HABE HIER EIN PROBLEM...

EINEN SUPER-ALPHA WIE DICH...
... BEGLEITET STÄNDIG DIE SCHWIERIGE FRAGE NACH SEINEM MATCH...
VER-STEHE ...
DU BIST ALSO...
... EIN OMEGA...
NA JA, KEIN WUN-DER BEI DIESEN ELTERN ...
...
ABER DAS MACHT ...
... DEIN LEBEN NICHT GERADE EINFACHER, WAS?

DAS STIMMT ...
ICH WURDE VON ZU HAUSE AUSQUARTIERT...
MEINE MITSCHÜLER WAREN ALLES ALPHAS...
ICH WURDE VON BETAS ANGEMACHT, DIE MIR EIGENTLICH RESPEKT ZOLLEN SOLLTEN...
DIE LEUTE HABEN MICH MIT ZWEIFELNDEN BLICKEN ANGESEHEN...
TROTZ ALLEM... IST MIR DER GEDANKE UNERTRÄGLICH...
... DIESER KERL KÖNNTE MIT EINEM ANDEREN SCHLAFEN...
SAG MIR, WENN DU EIN PROBLEM HAST!
ICH HABE JEDERZEIT EIN OFFENES OHR!
ZWISCHEN UNS WIRD DAS ALLERDINGS NICHTS ÄNDERN...
ALS OMEGA KANN ICH DIR...
... VIELLEICHT NICHT HELFEN, ABER...
ICH BENEIDE DICH, SHION...
DANKE.

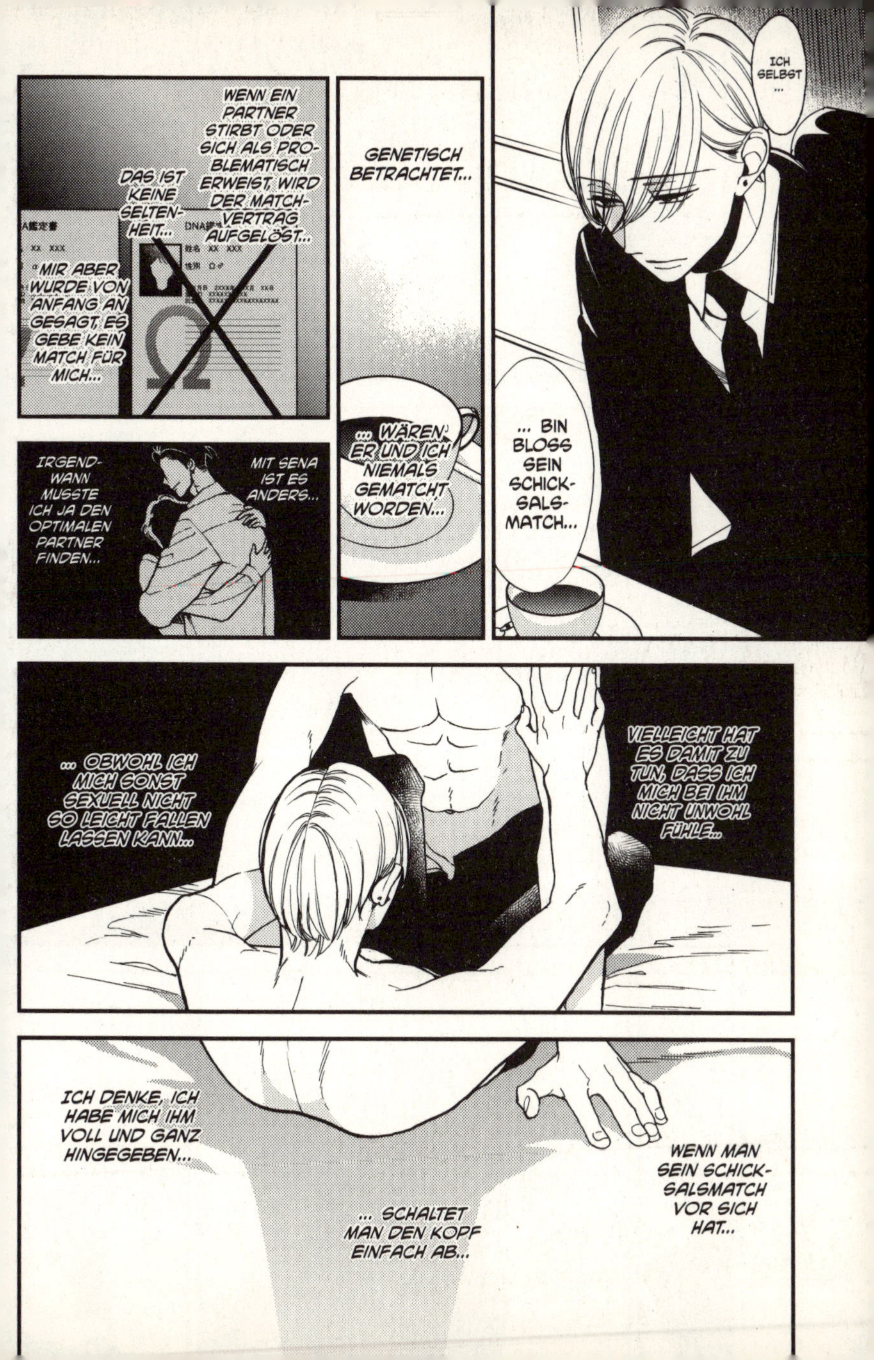
ICH SELBST ...
... BIN BLOSS SEIN SCHICKSALSMATCH...
GENETISCH BETRACHTET...
... WÄREN ER UND ICH NIEMALS GEMATCHT WORDEN...
WENN EIN PARTNER STIRBT ODER SICH ALS PROBLEMATISCH ERWEIST, WIRD DER MATCH-VERTRAG AUFGELÖST...
DAS IST KEINE SELTENHEIT...
MIR ABER WURDE VON ANFANG AN GESAGT, ES GEBE KEIN MATCH FÜR MICH...
MIT SENA IST ES ANDERS...
IRGENDWANN MUSSTE ICH JA DEN OPTIMALEN PARTNER FINDEN...
VIELLEICHT HAT ES DAMIT ZU TUN, DASS ICH MICH BEI IHM NICHT UNWOHL FÜHLE...
... OBWOHL ICH MICH SONST SEXUELL NICHT SO LEICHT FALLEN LASSEN KANN...
WENN MAN SEIN SCHICKSALSMATCH VOR SICH HAT...
... SCHALTET MAN DEN KOPF EINFACH AB...
ICH DENKE, ICH HABE MICH IHM VOLL UND GANZ HINGEGEBEN...

WAS BEDEUTET WOHL SCHICK-SAL?
GARAN
YUJIN SENA UND ICH WURDEN ALS MATCH-KANDIDATEN FÜREINANDER BESTIMMT...
... ABER OHNE UNS JE GESEHEN ZU HABEN.
DA KANN MAN OFFENBAR KAUM VON SCHICKSAL REDEN.
BEI DIR UND IHM, DIE IHR EUCH SO RICHTIG BEGEGNET SEID...
... IST DAS VIEL EHER DER FALL.
ICH WÜRDE AUCH GERN MAL SO JEMANDEN TREFFEN.

KAMI-SHIRO!
SENA?!
WAS MACHST DU HIER ...?
HAB DAS AUTO DEINER FAMILIE GESEHEN ...
WAR DAS EBEN SHION ...?
BRM BRM BRM BRM

ACH, RICHTIG...
SHION KAM KURZ VOR MIR AUS DEM LADEN...
DODOMM
DODOMM
DODOMM
SEI...
SEID IHR EUCH ...
... BEGEG-NET...?
WÄREN WIR DAS, HÄTTE ICH IHN MIR GESCHNAPPT UND DICH VOR SEINEN AUGEN GE-NOMMEN.
NUN JA... ÄH...
NUR MAL SO ZUR WAR-NUNG...

VER-STEHE ...
UFF...
HAST DU IRGEND-WAS VOR?
ICH HABE MEINEN ONKEL GE-TROFFEN UND IHM ALLES GESAGT.
REI KAMI-SHIRO?
DER IST DOCH EIN ALPHA!?
LASS DIE SCHERZE!
ALS DU MEINTEST, DU HÄTTEST EIN ANDE-RES MATCH GEFUNDEN, DACHTE ICH, ES GÄBE EINEN VER-TRAG!
GLITT
GLITT
EIN ALPHA ALSO!?

JA.
ICH BRAUCHE KEIN MATCHING MEHR.
GARAN
!
BI...
BITTE NICHT ...!
GRAPP
SIEH DIR MAL UNS AN!
DAS HIER IST DOCH SEHR NATÜRLICH!
DAS BEGEHREN DES ALPHA IST ES, DEN OMEGA ZU NEHMEN UND IHN GEFÜGIG ZU MACHEN!
DAS BEGEHREN DES OMEGA IST ES, SICH DEM ALPHA ZU UNTERWERFEN UND GENOMMEN ZU WERDEN!

AH!
AUCH WENN ES DER NATUR WIDER-SPRICHT...
AH!
FLAFF
ICH MAG ES...
... WIE ER SICH SEINEM BEGEHREN WIDERSETZT...

WAS IST LOS?
DU RIECHST, ALS WOLLTEST DU SEX...
WOLLEN WIR ES HIER TUN?
MIR WÄRE ES RECHT...
SPINNST DU...?!
DAFÜR GIBT ES TRIEB-HEMMER ...
HÄ...? WIE LANG-WEILIG ...!
...
ICH KANN EINFACH NICHT...

ざわ
RAUN
ざわ
RAUN
WAH...!
WIESO HAT SENA DIR GEDROHT...?
I...
ICH WOLLTE REI BLOSS WAS FRAGEN, ABER...
MAN KANN SICH SEINEM ZIMMER GAR NICHT NÄHERN...
ENGLISCH
ER MEINTE, ES DÜRFE EINE WEILE KEINER REIN...
MEINE GÜTE! WILL ER SICH AN KAMISHIRO VERGREIFEN?!
GASCHA
NICHTS WIE WEG! LOS SCHNELL!
KIII

HEY...
WIESO KOMMST DU MIT REIN...?
ES SIND NOCH KEINE DREI TAGE...
... ABER WENN DU SEX WILLST... GERN...!
GASCHA
ICH HAB SCHON DAS MEDIKAMENT GE...
HAPP
DODOMM

HA...
HA... HAAAAH...
HAAAAH...
ER MACHT MICH GANZ HEISS...
GIEK
DOCH ES WÄRE UNVERNÜNFTIG...
PUSH
HAAAAH!
NEI...
NEIN!
HAAAAH!
ES KÖNNTE JEMAND REINKOMMEN...

SE...
SENA...
KISS
KISS
LICK

SLUP
SLUP
LICK
HÖR AUF!
DAS IST EKLIG!
ICH WAR DOCH DRAUSSEN UNTER-WEGS!
LASS MICH MIT DIR SCHLAFEN.
NIMM MICH ...
... TIEF IN DICH AUF.
じわっ
DRIBB
ZEIG MIR, DASS DU MICH BEGEHRST...

DASS EINER WIE SEÑA...
... SOLCHE DINGE MACHT...
VER...
... DAMMT ...!
WIE BEFREIEND WÄRE ES, KÖNNTE ICH BLOSS DIE VERNUNFT AUS-SCHALTEN...

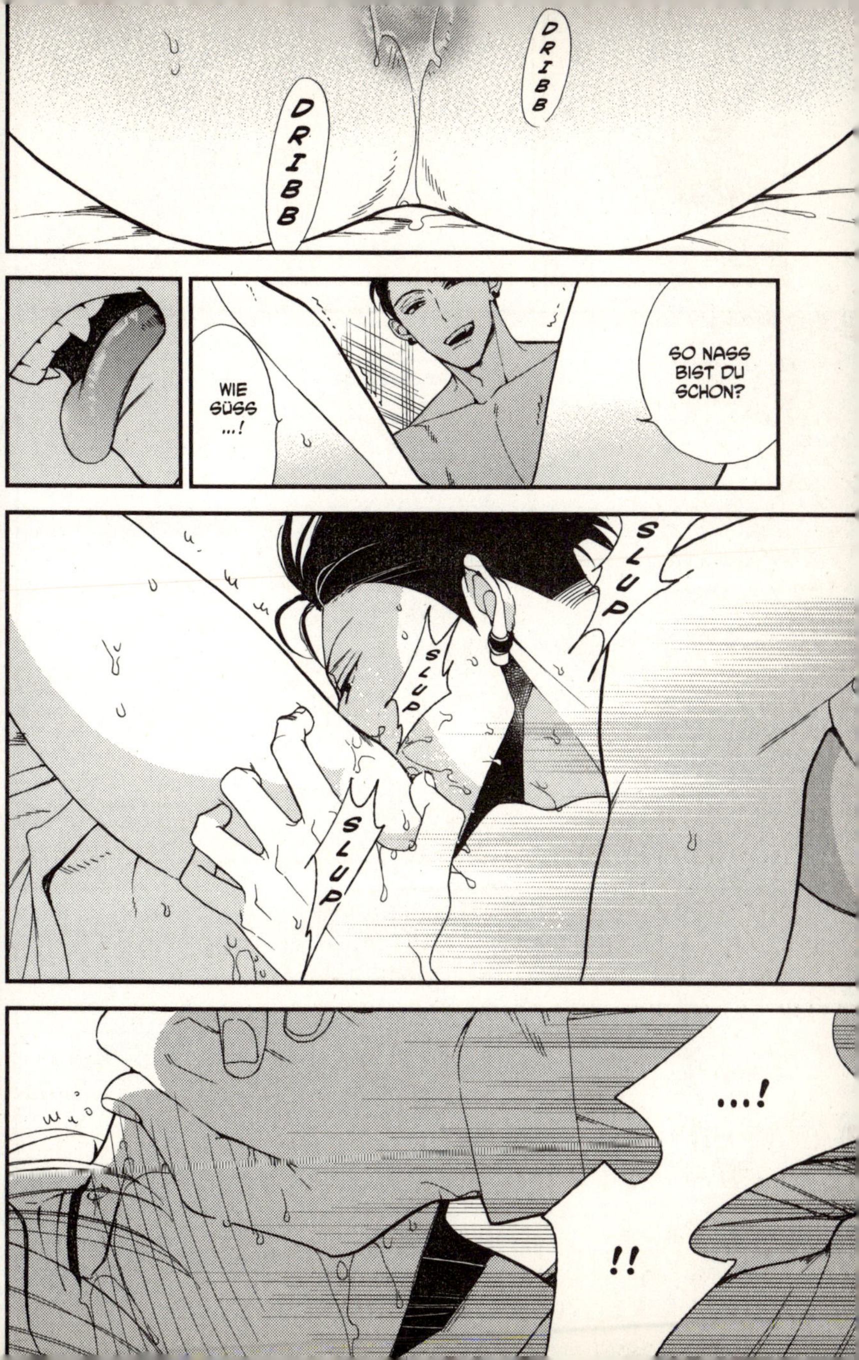
DRIBB
DRIBB
SO NASS BIST DU SCHON?
WIE SÜSS ...!
SLUP
SLUP
SLUP
...!
!!

SLUUU'
...!!
GLITT
GLITT
GLITT
SE...
... NA...
SENA ...!
SENA ...

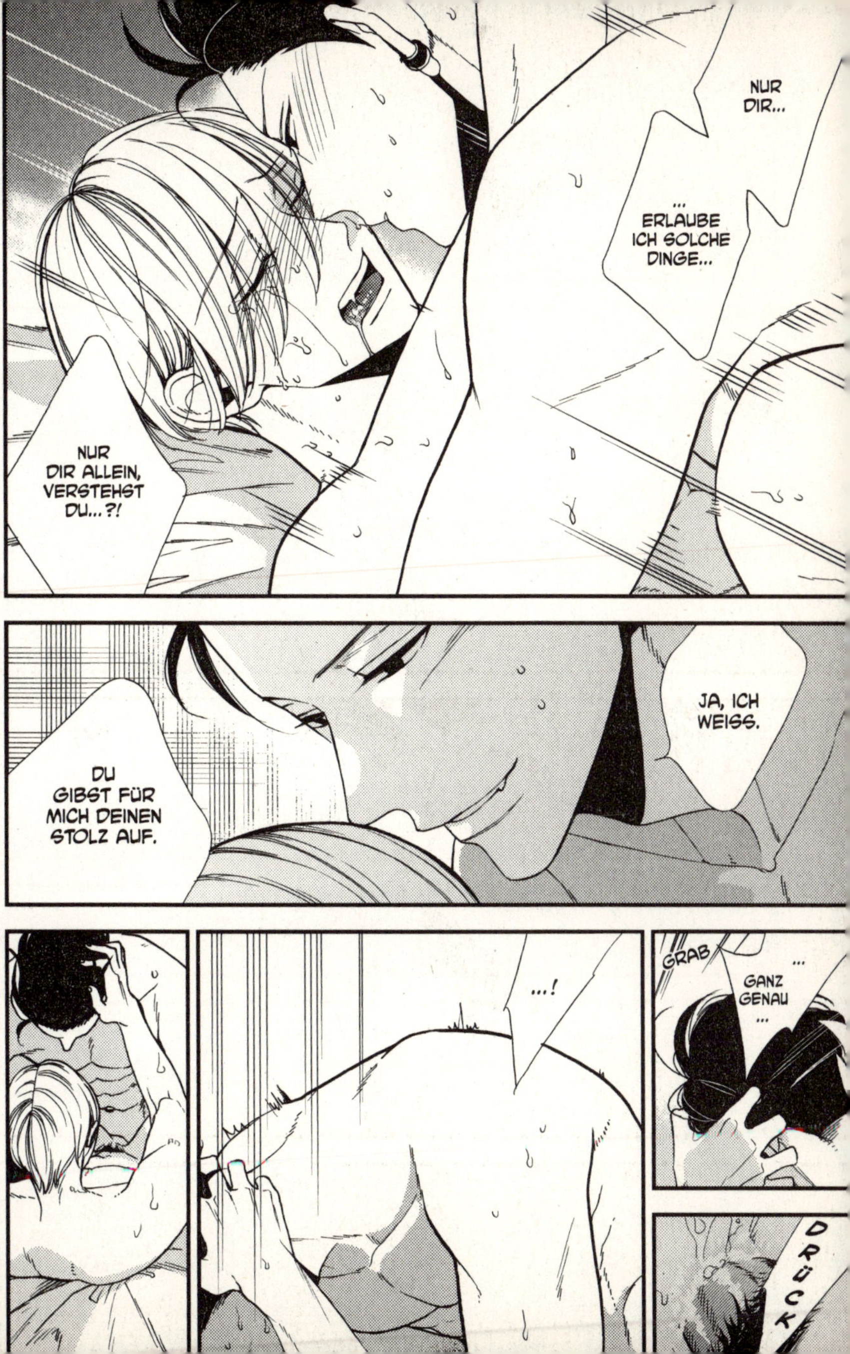
NUR DIR...
... ERLAUBE ICH SOLCHE DINGE...
NUR DIR ALLEIN, VERSTEHST DU...?!
JA, ICH WEISS.
DU GIBST FÜR MICH DEINEN STOLZ AUF.
GRAB
... GANZ GENAU ...
...!
DRÜCK

ALSO BRING MICH...
... NOCH MEHR UM DEN VER-STAND ...!
SONST ZIEHE ICH MEINE ERLAUBNIS ZURÜCK...!
HA ...
HA ...
HA ...
WER MIR NICHT ALLES GIBT, KANN MICH NICHT HABEN...

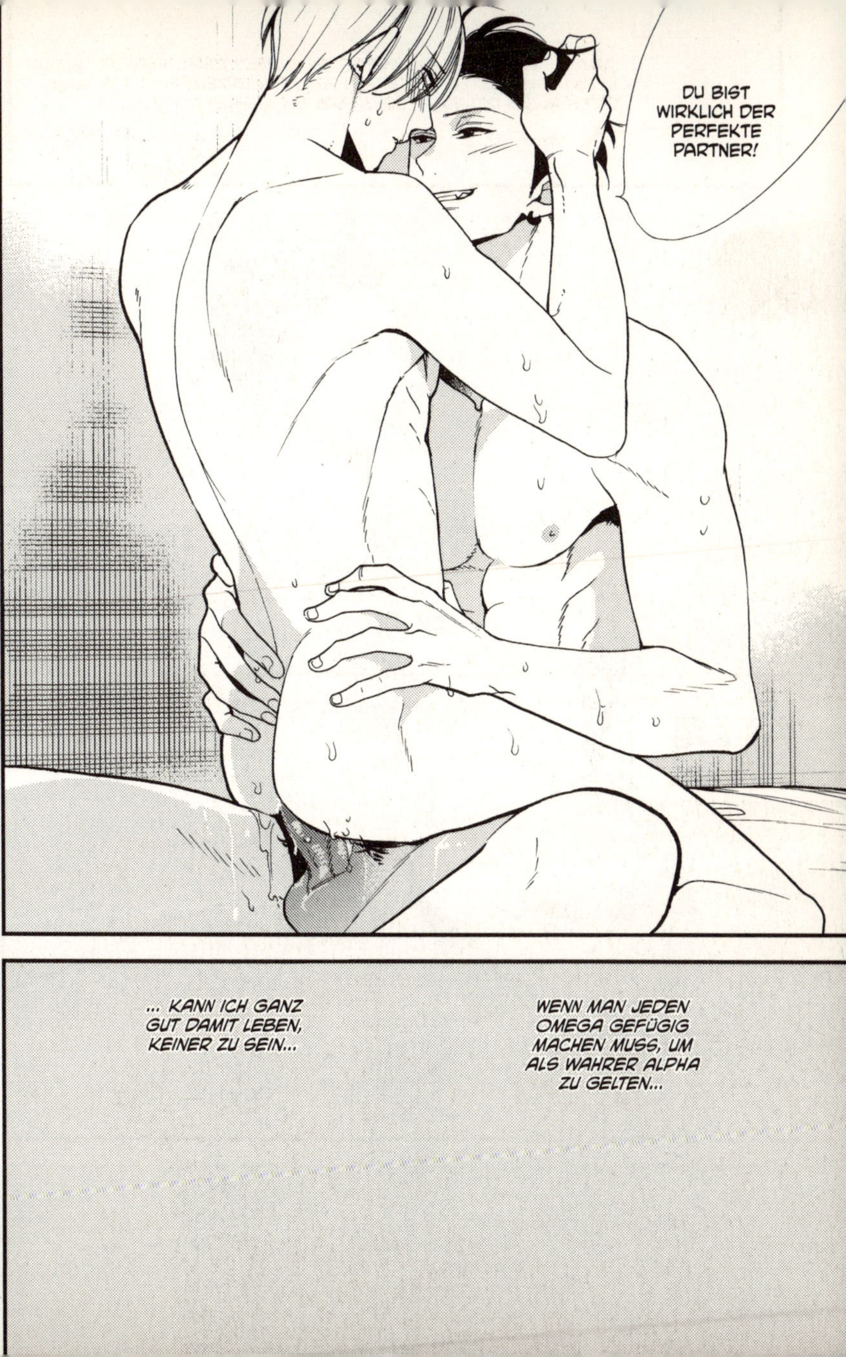
DU BIST WIRKLICH DER PERFEKTE PARTNER!
WENN MAN JEDEN OMEGA GEFÜGIG MACHEN MUSS, UM ALS WAHRER ALPHA ZU GELTEN...
... KANN ICH GANZ GUT DAMIT LEBEN, KEINER ZU SEIN...

DAS IST NUN BEREITS MEIN VIERTER COMIC! ICH HOFFE, ER KONNTE BEI EUCH EIN BISSCHEN PRICKELN ERZEUGEN! HABE MICH DIESMAL BEI DEN EROTISCHEN SZENEN RICHTIG AUSGETOBT!

WAKU OKUDA

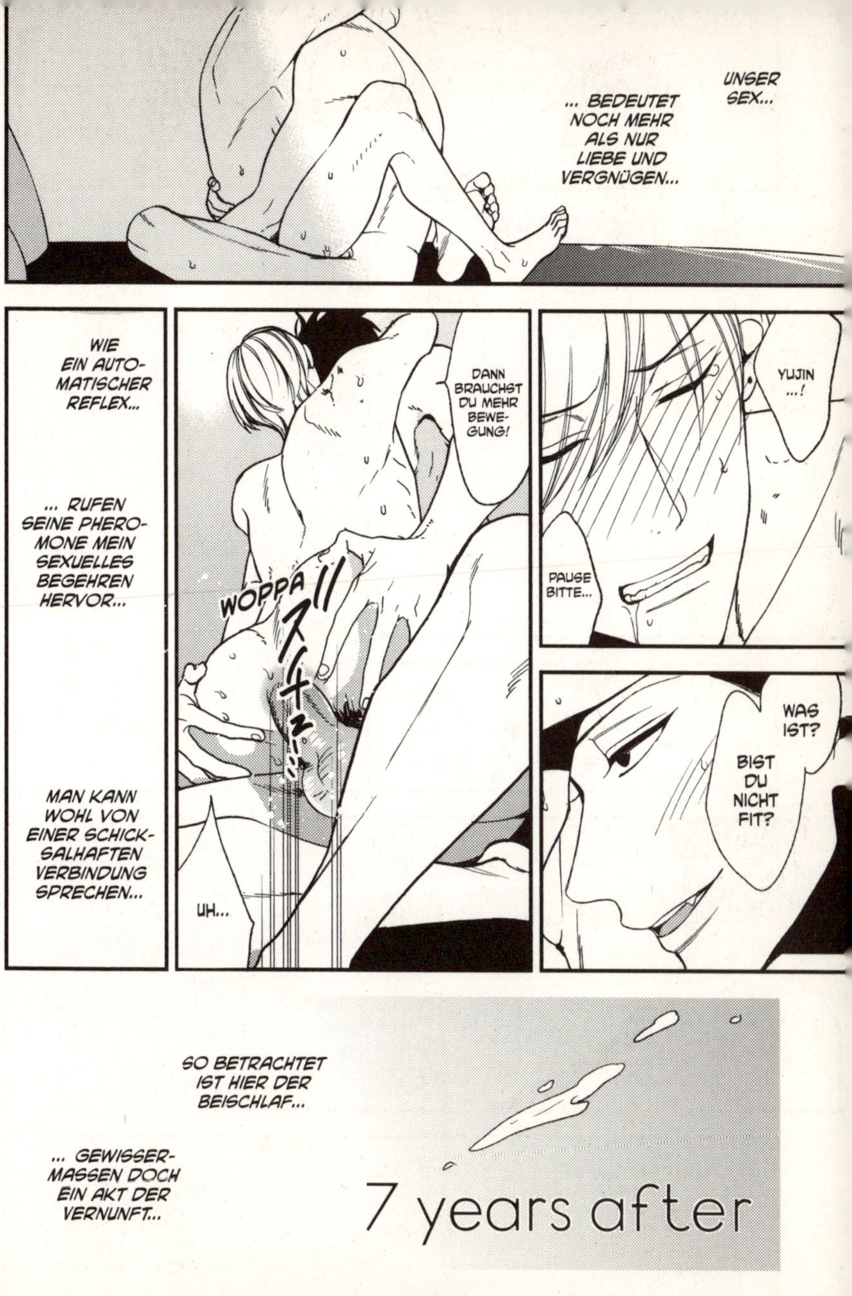
UNSER SEX...
... BEDEUTET NOCH MEHR ALS NUR LIEBE UND VERGNÜGEN...
YUJIN ...!
PAUSE BITTE...
WAS IST?
BIST DU NICHT FIT?
DANN BRAUCHST DU MEHR BEWE-GUNG!
WIE EIN AUTO-MATISCHER REFLEX...
... RUFEN SEINE PHERO-MONE MEIN SEXUELLES BEGEHREN HERVOR...
WOPPA
UH...
MAN KANN WOHL VON EINER SCHICK-SALHAFTEN VERBINDUNG SPRECHEN...
SO BETRACHTET IST HIER DER BEISCHLAF...
... GEWISSER-MASSEN DOCH EIN AKT DER VERNUNFT...
7 years after

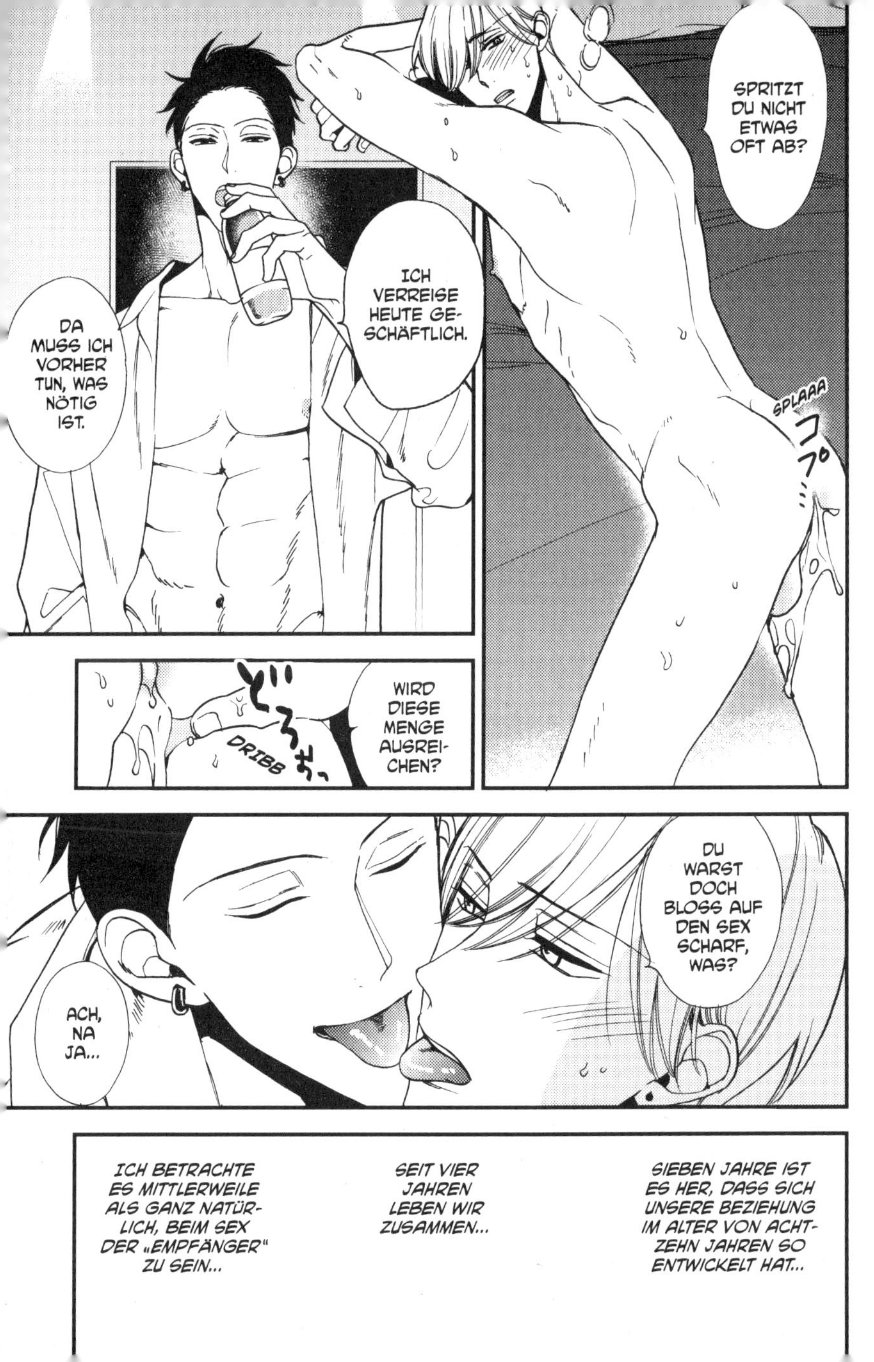
SPRITZT DU NICHT ETWAS OFT AB?
SPLAAA
ICH VERREISE HEUTE GE- SCHÄFTLICH.
DA MUSS ICH VORHER TUN, WAS NÖTIG IST.
WIRD DIESE MENGE AUSREI- CHEN?
DRIBB
DU WARST DOCH BLOSS AUF DEN SEX SCHARF, WAS?
ACH, NA JA...
SIEBEN JAHRE IST ES HER, DASS SICH UNSERE BEZIEHUNG IM ALTER VON ACHT- ZEHN JAHREN SO ENTWICKELT HAT...
SEIT VIER JAHREN LEBEN WIR ZUSAMMEN...
ICH BETRACHTE ES MITTLERWEILE ALS GANZ NATÜR- LICH, BEIM SEX DER „EMPFÄNGER“ ZU SEIN...

ICH WOLLTE ANDERE WEGE GEHEN ALS MEINE ELTERN...
... UND BIN ANWALT GEWORDEN.
ANWALTSKANZLEI
DANK DER UNTERSTÜTZUNG VERSTÄNDNISVOLLER MENSCHEN BEKAM ICH DEN JOB IN DIESER KANZLEI.
VERGLICHEN MIT YUJIN, DER GLEICH NACH DEM STUDIUM INS MANAGEMENT DER FIRMA EINGESTIEGEN IST...
... STEHE ICH ABER NOCH WEIT UNTEN.
DARUM KANN ICH MICH AUCH NOCH NICHT ALS OMEGA OUTEN.
BITTE SEHR, SIE SIND VERBUNDEN...
TJA...
VERZEIH, DASS ICH DICH SO PLÖTZLICH HERBEORDERT HABE...

ICH WILL MIT DIR ÜBER YUJIN REDEN...
DU...
... BIST EIN OMEGA, WIE ICH GEHÖRT HABE!?
ACH, ICH DARF HIER NICHT SO LAUT SPRECHEN...
ICH WAR BESORGT ...
... ER KÖNNTE DEN VERSTAND VERLOREN HABEN, WEIL ER MIT EINEM ALPHA SCHLÄFT ...
DOCH ZUM GLÜCK IST JA ALLES IN ORDNUNG.
WOMP
!!

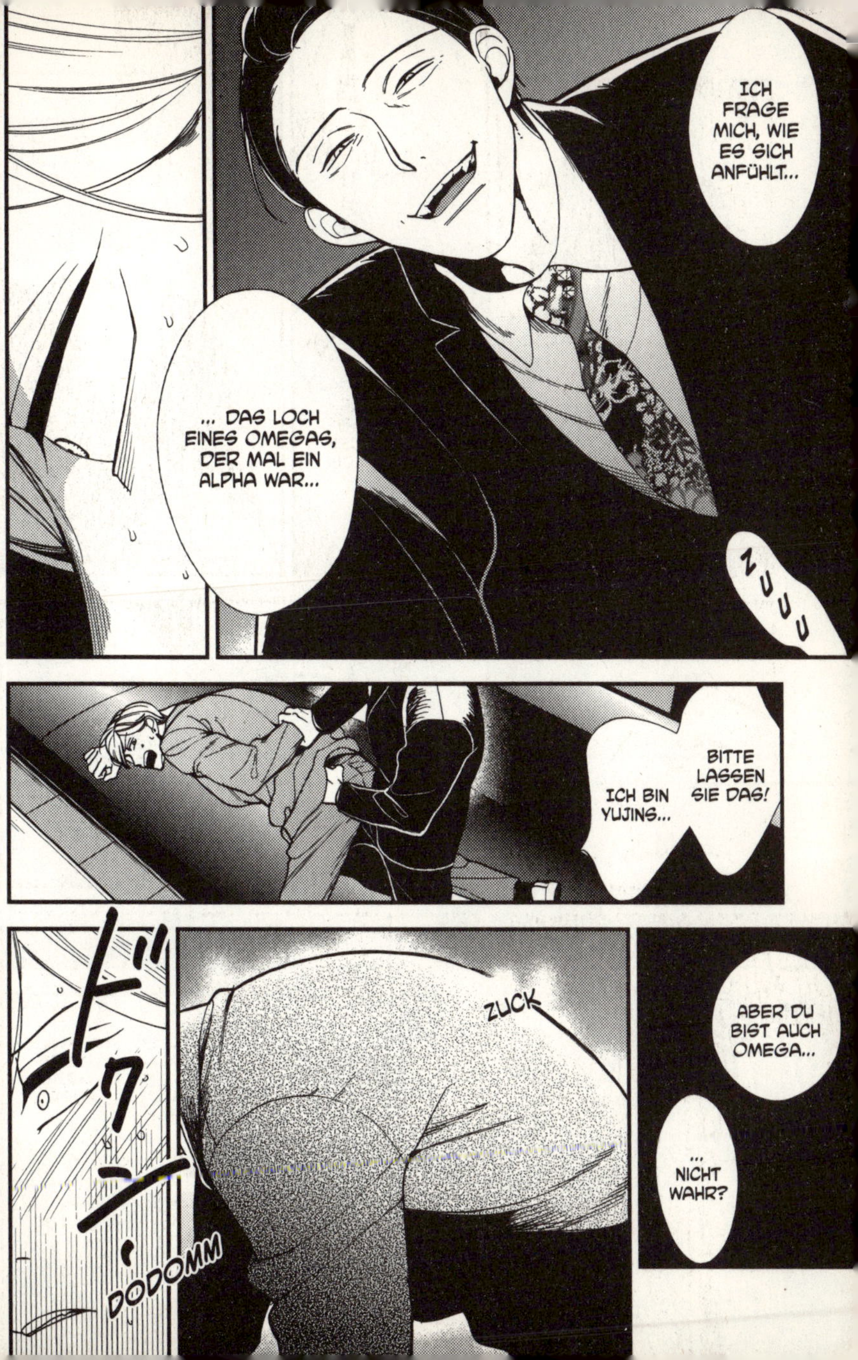
ICH FRAGE MICH, WIE ES SICH ANFÜHLT...
... DAS LOCH EINES OMEGAS, DER MAL EIN ALPHA WAR...
NUUU
BITTE LASSEN SIE DAS!
ICH BIN YUJINS...
ABER DU BIST AUCH OMEGA...
... NICHT WAHR?
ZUCK
DODOMM

TUT ES TIEF DRIN EIN BISSCHEN WEH?
SO GEHÖRT ES SICH!
RUBS
FUUUH
FUUUH
FÜR DICH MUSS ES DOCH NICHT IMMER YUJIN SEIN...
YUJIN?
ONKEL?
YUJIN ...
ICH WERDE MIR JETZT DEINEN OMEGA VORNEHMEN...
ALSO HÖR GUT ZU...
SOLCHE WIE WIR TUN, ALS WÄREN UNSERE BEZIEHUNGEN WAS BESONDERES, ABER...
... ALLE OMEGAS SIND LETZTENDLICH GLEICH.
DU SOLLTEST WISSEN...
... WIE OBERFLÄCHLICH SIE SIND.
HIER EINE KLEINE BEWÄHRUNGSPROBE FÜR EUCH... VON DEINEM ERFAHRENEN LEBENSBEGLEITER!

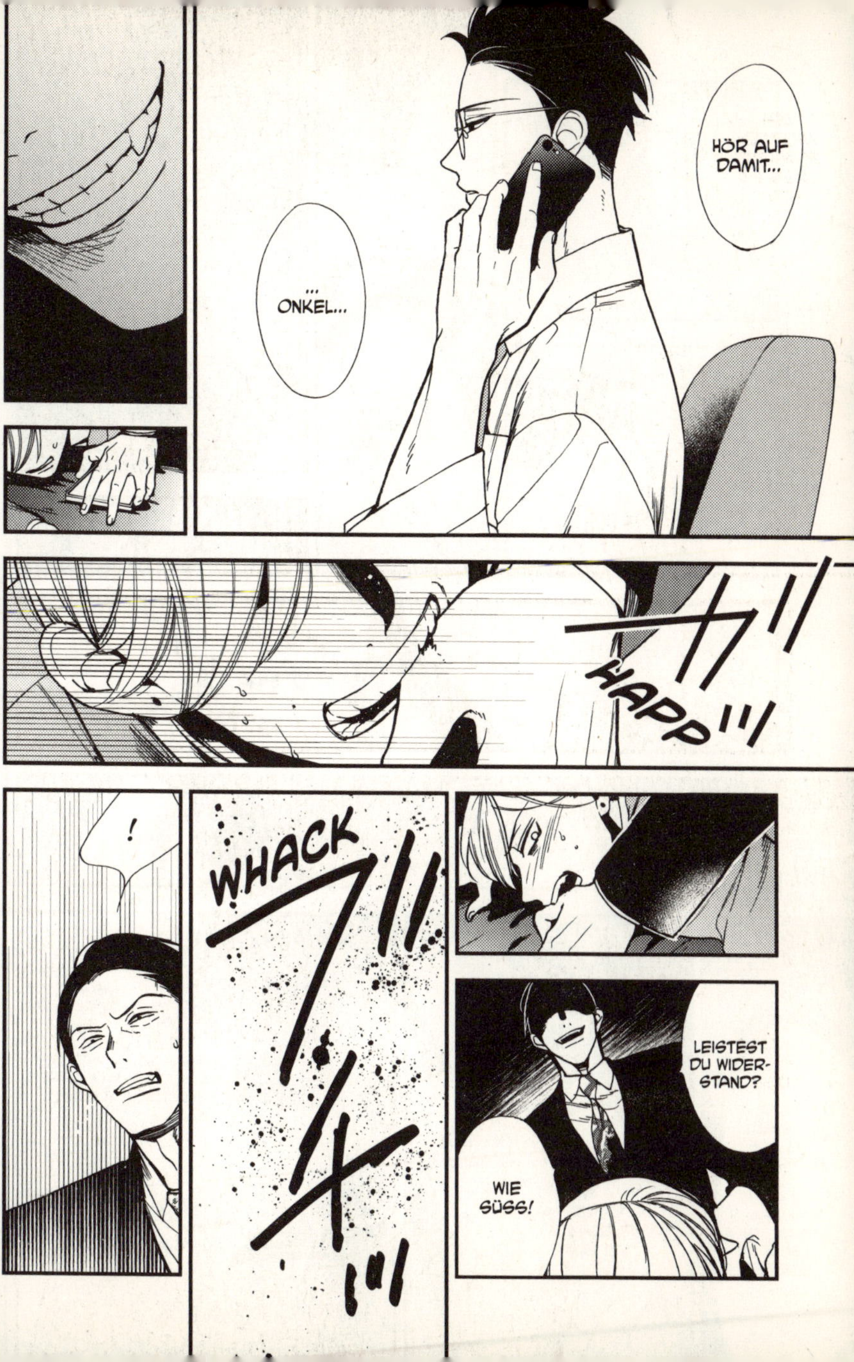
HÖR AUF DAMIT...
... ONKEL...
HAPP!!
LEISTEST DU WIDER-STAND?
WIE SÜSS!
WHACK
!

DOMP
ONKEL ...
DER KERL KANN BRUTAL WERDEN ...
ICH HAB DICH GEWARNT: LASS ES SEIN!
SPITT
VERZEIHEN SIE.
DAS WAR EIN REFLEX.

ICH HATTE SO VIELE MALE SEX MIT YUJIN...
... DASS ICH UNBEHAGEN EMPFINDE, WENN SICH EIN ANDERER MIR NÄHERT.
ICH WERDE NUN MEINEN PARTNER ANRUFEN.
ALLEIN KANN ICH SOLCHE SITUATIONEN NOCH NICHT BEWÄLTIGEN.
EIN OMEGA OHNE JEDEN CHARME...
EIN ECHTER SPASSVERDERBER...
UFF...
REI?
ALLES OKAY?
JA...

DAS HATTE ICH LANGE NICHT...
ERZWUNGENE LUST...
IN MEINEM HINTERN KRIBBELT ES NOCH...
BIN ICH DENN...
... GAR KEIN SCHICKSALSMATCH, SONDERN EINFACH NUR EIN NORMALER OMEGA...?
YUJIN ...
YUJIN...
ICH MÖCHTE SEX MIT DIR HABEN...
AUCH DIESE LUST...
... WILL ICH MIT DIR VERBINDEN...

AN DEINER LIEBE IST NICHT ZU RÜTTELN...
... WAS, REI?
DASS SOWAS MÖGLICH IST...
WENN DU GEIL BIST, WILLST DU NUR MICH.
IMMER WIEDER ...
WAS DAS ANGEHT, KANN ICH IHM NICHT DAS WASSER REICHEN...
DAS IST...
... WAHRE LIEBE.
... SCHAFFT ER ES, MEINE ÄNGSTE ZU ZER-STREUEN ...
ENDE

„Anti Alpha" von Waku Okuda
Aus dem Japanischen von Monika Hammond
Originaltitel: „Anti Alpha"

Originalausgabe:
Anti Alpha

First published in Japan in 2019 by SHINSHOKAN CO., Ltd. Tokyo
German version published by EGMONT Verlagsgesellschaften mbH under license from SHINSHOKAN CO., Ltd.

Deutschsprachige Ausgabe:
Egmont Manga
verlegt durch Egmont Verlagsgesellschaften mbH,
Alte Jakobstr. 83, 10179 Berlin

1. Auflage
Verantwortliche Redakteurin: Luisa Steinhäuser
Gestaltung: Laura Bartels
Textbearbeitung: Etsche Hoffmann-Mahler
Koordination: Angelika Schönhuber
Printed in the EU
ISBN 978-3-7704-2681-2

SUTOPPU!

Koko wa kono manga no owari dayo.
Hantaigawa kara yomihajimete ne!
Dewa omatase shimashita!
Tanoshii hitotoki wo dozo!

Egmont Manga Chiimu

STOPP!

Das ist der Schluss des Mangas.
Fangt bitte am anderen Ende an!
Und nun genug der Vorrede,
viel Spaß beim Lesen!

Euer Egmont Manga Team